边角料书系

书似 故人来

SHU SI
GU REN LAI

聂震宁人文随笔 下

聂震宁 著

团结出版社

·北京·

© 团结出版社，2025 年

图书在版编目（ＣＩＰ）数据

　书似故人来：聂震宁人文随笔 . 下 / 聂震宁著 .
北京：团结出版社，2025. 4. -- ISBN 978-7-5234
-1630-3

　Ⅰ . I267.1

　中国国家版本馆 CIP 数据核字第 2025K0P741 号

特约策划：舒晋瑜
责任编辑：张振胜　时晓莉
封面设计：阳洪燕

出　　版：团结出版社
　　　　　（北京市东城区东皇城根南街 84 号　邮编：100006）
电　　话：（010）65228880　65244790（出版社）
　　　　　（010）65238766　85113874　65133603（发行部）
　　　　　（010）65133603（邮购）
网　　址：http://www.tjpress.com
电子邮箱：zb65244790@vip.163.com
经　　销：全国新华书店
印　　装：三河市东方印刷有限公司

开　　本：130mm×210mm　　32 开
印　　张：14.875　　　　　　字　　数：282 千字
版　　次：2025 年 4 月　第 1 版　　印　　次：2025 年 4 月　第 1 次印刷

书　　号：978-7-5234-1630-3
定　　价：78.00 元（上下册）
　　　　　（版权所属，盗版必究）

写在前面的话

　　书名《书似故人来》，实在是因为这些为书刊而写下的文字，让我时隔数年乃至数十年重新拾起，想起当时阅读这些书刊的情景，依然觉得亲切，值得自珍。看到这些往昔时光写下的篇章，不由得想起明代诗人、著名民族英雄于谦《观书》一诗开头的名句："书卷多情似故人，晨昏忧乐每相亲。"此刻将当年在观书之后写下的序跋集合起来，猛然惊觉"书似故人来"。也许有的故人已经远在天边，有的故人已经告别人世，重读它们，愈发让我觉得"书卷多情似故人"。

　　《书似故人来：聂震宁人文随笔》（下）收入2015—2024年间本人撰写的序跋作品。这些选文依上册的体例，分别归类为"为丛书作序""为作者作序""为报刊作序"和"为自己作序"。各类中篇目基本上按照发表时间先后排序。

　　读者诸君可能会发现，在2015—2024这十年间，我为自己作序的数量明显比上册即1984—2014年三十年间所作的自序多得多。其实原因很简单。自从 2011 年 8 月我因年龄原因不再担任中国出版集团公司总裁起，我的大多数时间就开始转入出版学科研究、文学创作和阅读推广，其结果就是比较多的著述出版。与此同时，其他序跋作品相较此前数十年的密度、总量也多了一些。这是同行作者们看我不再是在职领导，明显清闲许多，而人也还一如从前比较好说话，就更加放心地给我派活，其结果也就成全了我在写作整本书之余，攒下了这些"边角余料"。

人们习惯把小文章汇编出版戏称为"聚沙成塔，集腋成裘"。我可不敢顺手就这么也戏称起来。这两本小书，收入的也就是一批散乱的"边角余料"，既不成体系，也不成样子，哪里敢称得上"成塔""成腋"！但愿里面有一些值得一读和玩味的内容，读者诸君随手翻翻，庶几不觉得浪费时间，甚至觉得有些微"书卷多情似故人"的感觉，也就是我和出版社的幸事。

为了我的两种小书《书似故人来：聂震宁人文随笔》和《寻觅书香：聂震宁阅读新论》（2024 年）的编辑出版，团结出版社的领导们给予了很大的关心，特别是梁光玉社长，他直接为几本小书从书名到内容编辑都提出了重要意见，一社之长，日理万机，竟然能关心到两本小书的具体事务，令我深受感动。

团结出版社是一家大社名社，他们提出了编选名家"边角余料"一批小书的选题，让人耳目一新！出版社监事张振胜主任初次联系即为了"边角余料"约稿，热情邀约我加入其中，让我很受鼓舞。我们在一起切磋，设计选题，遂有了编选序跋选的思路。本书的责任编辑时晓莉，更是热情投入编选书稿，订正错讹的工作，一丝不苟。书稿虽然是选编而来，可一样需要仔细编辑，一样会找出若干问题，这些都是时晓莉编辑一点一滴去完成。后来我才了解到，时晓莉编辑并不是一般的编辑，她还担任着出版社新媒体营销部副主任，张振胜是这个部门的主任，这个部门承担着全社新媒体营销的大量工作，可为了我的两种小书，她把编辑工作做得如此仔细到位，我这个入行几十年的老编辑除了感动还是感动。"书卷多情似故人"。我与团结出版社诸位同仁有了出版上的合作，自然而然就成了朋友，成了书业里的故人，情谊永驻的故人。感谢团结出版社！

目　录

辑一　为丛书作序

辑二　为作者作序

辑三　为报刊作序

辑四　为自己作序跋

辑一 为丛书作序

中外经典：敬而亲之，亲而读之

——"亲近经典"丛书前言

我国全民阅读活动已经走过了十一年的历程。随着全民阅读活动的深入开展，青少年的阅读尤其是中小学生的阅读越来越受到高度重视。

费尔巴哈说"人是他吃的食物"。在我们看来，全民阅读能否取得好的成效，首先在于读什么样的书；而对于青少年，读什么样的书更是影响他们成长的根本问题。为此，我们从青少年阅读实际出发，结合教育部语文新课程标准的要求，主编了这套"亲近经典"系列丛书。我们希望这套书能给青少年朋友们，以及中小学老师、广大学生家长在阅读方面提供指导和帮助。

本丛书称为"亲近经典"，意在拉近古今中外的经典名著与广大青少年读者的距离，激发青少年的阅读乐趣与热情，让读者对经典不是敬而远之，更不是束之高阁，而是敬而亲之、亲而读之，让经典图书成为青少年成长的好朋友，一生的好伙伴。

青少年阅读的关键是提升阅读品质，提升阅读品质的关键是多读经典作品。经典作品是人类智慧的积淀，阅读经典作品是提升阅读品质的必由之路。《隋书·经籍志》说，经典是"机神之妙旨，圣哲之能事"，可以"经天地，纬阴阳，正纪纲，弘道德，显仁足以利物，藏用足以独善"。对于每一位读者朋友而言，虽然并不能从每一部经典作品都能获得如此深邃宏阔的效果，然而，与许多经典作品亲近相伴，总会有心灵震撼、学识增添、视野开阔、思维深化的感受，阅读品质必定提升，阅读效果必定丰厚，人生成长将获得无尽的文化滋养和智慧之光。

本丛书由著名作家王蒙担任总顾问并作总序。主编者会同陈众议、贺绍俊、董强、倪培耕等文学界、教育界和翻译界的著名专家学者，反复研讨筛选书目。我们力求中外兼顾、古今通达、繁简合度、雅俗适当。所选书目都应当是历史长河检验过的人类智慧的结晶，本本都是经典。

译者水平直接决定了外国名著译本的水平高低。我们高度重视本丛书所选外国文学作品的译本质量，入选外国名著的翻译均为我国专业从事相关文学研究的权威专家。如《小王子》即由获得中国社科院终身荣誉称号的法语翻译权威柳鸣九先生翻译，《泰戈尔诗选》由冰心等著名作家翻译，《钢铁是怎样炼成的》由著名俄语翻译家吴兴勇先生翻译。总之，每部汉译外国名著，都是权威翻译家的心血之作，足以让读者朋友深刻体会到经典作品的思想真意和文学之美。

"亲近经典"丛书（朱永新、聂震宁主编），

江苏凤凰文艺出版社 2017 年出版。

带一本书去旅行

——《旅伴文库》总序

　　《旅伴文库》乃应时而生的出版项目。当今之世，既是提倡全民阅读之时，又是全民旅行已成热潮之际，正应了古人"读万卷书，行万里路"的人生信条。究其实，现代交通工具大大方便了百姓的出行，旅行几乎成了普通民众的一种生活常态，"行万里路"已成简单的事情；而全民阅读则还在国家、社会的提倡中，可是，普通人真正要"读万卷书"，似乎还比较困难。然而，唯其难，故而需要多方设法推动，长期用心提倡。漓江出版社策划设计这一文库，既顺应了现代人出行的需要，更是为全民阅读助力，显示出了趁旅行热潮助推全民阅读，借全民阅读提升旅行质量的匠心。

　　相比较已经形成热潮的旅行，全民阅读似乎还不够热。尽管国家为倡导全民阅读加大力度，各级政府为开展全民阅读提供政策支持，每年"世界读书日"各地开展活动有声有色，"书香中国"活动在全国范围风生水起，家庭阅读、校园阅读、社区阅读、机关阅读渐次开展，有识之士一直在呼吁让阅读成为一种生活方式，然而，平心而论，许多主要是在外力推动下开展起来的阅读，距离"让阅读成为一种生活方式"愿望的实现，还有长路要走。

如何才能让这一愿望成为现实呢？我们以为，让阅读与日常生活相伴或许是一条有效途径。全民旅行热潮形成，旅行已经成为普通百姓的一种生活方式，那么，提倡在旅途中阅读也就是比较顺理成章的事情。国际上曾有过"中国人不爱读书"的负面评价，评价者所举证的，正是旅行途中许多发达国家人士在读书，而许多中国人并不读书。这一举证使得比较具有荣誉感和自尊心的许多国人心中不爽。其实，想改变这一国际负面形象并不困难，最简单的办法就是让多一点国人在旅行途中读起书来。当然，这么做并不是为了做样子给国际人士观赏，挣回一点面子，而是全民阅读之树必然开出的日常生活之花。《旅伴文库》正是为了催生这美丽的花朵而做出的努力。《旅伴文库》的出版宗旨"人生漫旅，好书伴你"，就是出版人真诚而温馨的承诺。

毫无疑问，开展在旅行途中的阅读，对于提高我国旅游事业的质量也是大有裨益的。对于国人旅行中的言行举止，一直也有一些负面的评价，认为一些人盲目、简单、粗糙，缺少文化内涵和审美情趣，还有就是不读书。这些负面评价已经成为国民素质不高的重要证据。都说知书达理或知书达礼，不爱读书的民族谈何文化内涵和审美情趣！于是，

带一本书去旅行

近些年来，就有许多关于改善旅行生活、提高旅行质量的意见提出，其中有一条意见颇具感染力，那就是"带一本书去旅行"。

"带一本书去旅行"，其直接的用意是让人们在旅行途中闲暇时刻不至于无所事事。古人主张"第一等好事还是读书"，那么，人在无所事事时，第一等好事更应当是读书了。人在旅途中，休闲时也要保持着优雅的生活姿态，而阅读正是一个人最优雅的生活姿态。旅行是一个发现美、欣赏美的过程。"带一本书去旅行"，既可以读书明理，也可以直接帮助我们丰富旅行知识，探寻美的存在，增加旅行的深度和厚度。旅行即意味着暂时摆脱世俗生活的纷扰，暂时忘却生活中某些庸俗无聊的烦恼，所谓"偷得浮生半日闲"，让身心得到休养，那么，"带一本书去旅行"，可以借一本好书帮助我们超凡脱俗，让一本好书高雅的气质陪伴我们的灵魂，让一次次旅行成为与一本本好书相伴随的精神之旅。

应时而生的《旅伴文库》，其用意就是倡导"带一本书去旅行"，让精品图书成为旅行者的精神伴侣。在全民旅行热潮扑面而来的同时，也要让全民阅读热潮相伴而去，让"读万卷书，行万里路"的理想成为现实。

为了旅途上阅读而设计的《旅伴文库》，自然要更多顾及旅行阅读的特点。旅行阅读当然是各有所好，可专门为旅行者出版的图书，则要更多体现旅行者阅读的便捷、休闲、审美、精粹等需求的特点。《旅伴文库》的各个子系列

· 007 ·

设计得很具匠心，一辑只选七位作家七种作品集，每人每集约十万字，努力突出精选的意思，同时，书籍装帧是便携式小开本软精装，精编精印，整体呈现雅致的气质，不仅吸引读者的眼球，还会让许多不仅热爱阅读，还讲求图书品相的读者一旦捧起就不忍放下。"漓江的书，买了再说"，是20多年前本人在漓江出版社社长任上为该社拟定的广告语，出版人的自信自诩，竟然在这个系列的设计中重新得以体会到。

《旅伴文库》已经出版"散文精品城际阅读"两辑共14种，每辑各有7人7种。第一辑有刘亮程的《半路上的库车》、朱秀海的《一个人的车站》、王剑冰的《水墨周庄》、徐则臣的《去额尔古纳的几种方式》、陈彤的《玻璃栈道》、阿德的《北行记》和董谦的《种稻记》；第二辑有彭程的《头脑中的旅行》、乔叶的《一杯白茶》、陆春祥的《霓裳的种子》、顾建平的《冬天我到南方》、谷禾的《黑棉花，白棉花》、陈世旭的《俗可以，别太俗》和王可越的《蓝色泡沫》。入选的每一位作家都以实力呈现，努力奉献自己卓具新意的作品。在邀约散文名家加盟过程中，散文专辑的主编、著名散文家王剑冰先生主张作品质量优先，要求新人新作质量必须上乘是自不待言，而名作家必须以力作入选则体现态度的严肃，因而，14人14本小书实在称得上是精选精编而成，阵容齐整。自图书面世以来已经引起许多读者的兴趣，良好的市场效应和文学出版业内的好评，使得出版社信心倍增。

　　漓江出版社乘胜前行，《旅伴文库》又有"小说精品城际阅读"第一辑即将面世。第一辑的主编是贺绍俊先生。他曾经担任《小说选刊》杂志社主编，不但是著名的选家，还是著名文学评论家，其代表作就有《铁凝评传》等。贺绍俊先生邀约了7位堪称实力派的小说家加盟。7位作家四女三男，风格各各不同，放到一起来读，令我们竟有斑斓之感。

　　正由于眼前的小说家们让我们有了斑斓之感，我觉得有必要给读者们一一介绍。

　　女作家中有程青。这位曾被论者称赞为"创作稳定、持久、优质，具有一个作家天生应该具有的素质"的女作家，用曾经获得老舍文学奖的小说名作《十周岁》加盟。《十周岁》是一部杰作。作品把20世纪70年代的民间生活描摹得精细入微、有声有色，人物刻画得栩栩如生，令人不由得会惊叹作者透彻的生活观察力和出色的想象能力。

　　女作家中还有薛燕平。这位在20世纪90年代的中国小说界展露风姿，也曾经获得过老舍文学奖，现旅居匈牙利的女作家。她的《曾经》一书收入的《曾经》《蓝》两篇名作，饶有兴味地讲述北京城普通百姓平淡自然有趣而时有情感波澜的日常生活。有论者指出："薛燕平在北京胡同长大，这里成了她的文学福地。她在这里开掘了一口深井，她的小说资源几乎都出自这口深井。"

　　第三位女作家则是陶丽群。有论者认为陶丽群的小说"有梦的质地，惯于以最安静最平淡的方式暗示出一个人内心深处至为隐秘的关切"。我觉得她总是写得很细密。她曾经获得过《民族文学》的年度优秀作品奖。她这次以《寻暖》一书加盟。书中收入了她颇具可读性的《寻暖》《白》两部佳作，前者讲述了一位被拐妇女悲凉无奈的一生，后者写单亲母亲把患有白化病的女儿托付给一位终身未婚的老太太的故事。作品尽管都在书写人的悲苦，可并不让人感到绝望，反而能激起读者内心良善的愿望。

第四位女作家是曾经获得鲁迅文学奖的叶弥。她的《成长如蜕》一书包括《成长如蜕》《消失在布达拉宫的一头鹰》两部奇作。那么，何以称它们为奇作？首先是因为《成长如蜕》是她创作的第一篇小说，第一篇小说就引来许多喝彩，有论者认为她"灵感有如天赐，妙笔宛若天成"；而《消失在布达拉宫的一头鹰》，书名即令人惊奇，加上作家以平静而简练的笔法，描述了一个简单而情节富有张力的故事，并放射出不同寻常的光芒，故而我称之为奇作。

这里的男作家有夏商、戈舟、石一枫。虽然加盟作家男少女多，却丝毫不意味着阴盛阳衰。三位男性作家的作品阳刚之气十足，足以体现实力派作家的劲道。

夏商就是那位曾经在1999年策划"后先锋文学"活动，组织20多位后先锋作家发表小说和文论，造成世纪末重要文学现象的颇具冲击力的作家。他曾有小说入选美国杜克大学《中国当代短篇小说高级读本》。这次入选的《初恋两种》由《我的姐妹情人》《恨过》两部小说构成。这位提倡后先锋文学的作家将用内涵丰富的两种初恋来叩击着读者的心灵。

曾经获得过鲁迅文学奖的弋舟以《夭折的鹤唳》一书加盟。书中收入的《夭折的鹤唳》《李选的踟蹰》两部小说，前者讲述一位丧子母亲的永久伤痛，后者描写人际间的情感纠葛，敏感而深致。这位还获得过《小说选刊》《小说月报》等重要刊物优秀作品奖的作家，正如有论者指出"始终保持着优雅的姿态"那样，即便讲述伤痛，也能给我们哲理和美学的暗示。

同样获得过鲁迅文学奖和《小说选刊》《小说月报》等重要刊物奖励的作家石一枫，他为读者带来的是中篇小说《营救麦克黄》，这部作品是 2016 年"《收获》文学排行榜"中篇小说排行榜的获奖作品。有论者指出石一枫"有一双捕捉时代人物的鹰眼"，他的小说往往从身边小人物切入，讲述属于这个时代中国人的命运，营救狗狗麦克黄的故事想必会让读者读来觉得生意盎然。

《旅伴文库》在"散文精品城际阅读"两辑之后重磅推出"小说精品城际阅读"第一辑，形成更大格局和不凡气象，相信这不仅会成为文学界、出版界各位同好的共识，也会成为众多文学读者的真切感受。更重要的是，众多旅行者当决心"带一本书去旅行"时，有了这些可爱而精致、精美的口袋书可供选择，可以从中找到温情相伴的旅途伴侣，成为一次快乐旅行的美好开始，自然是一件令人愉悦的事情了。

《旅伴文库》（聂震宁总主编），

漓江出版社自 2018 年起出版。

先后出版了"散文精品城际阅读"一辑、

二辑和"小说精品城际阅读"一辑。

此总序为"小说精品城际阅读"专辑出版时撰成。

题目为后加。

"我爱你，中国"丛书前言

为了迎接国庆 70 周年，我们专门为广大少年儿童读者编写了这套"我爱你，中国"丛书。我们希望，在全国人民热烈庆祝新中国成立 70 周年华诞的重要时刻，当广大少年儿童在五星红旗下和花团锦簇中齐声高唱国歌的时候，要让他们通过阅读，真切地了解祖国的伟大之处，从而从心底里为美丽的祖国骄傲、自豪。这就是我们编写"我爱你，中国"丛书的初衷。

我们知道，关于祖国的图书出版社已经出版过很多，这些图书生动记述过悠久辉煌的中华民族历史，充分展示过数不胜数的中华文化瑰宝，精彩描绘过奇伟秀丽的中华大地山川，激情书写过灿若群星的无数中华英才。这些图书，让广大少年儿童增添了丰富的知识，对伟大的祖国充满感情。可是，在中国特色社会主义进入新时代之后，我们还特别希望广大少年儿童能认识到，近代以来久经磨难的中华民族迎来了从站起来、富起来到强起来的伟大飞跃，迎来了实现中华民族伟大复兴的光明前景。相信广大少年儿童只要获得了这些应有的知识，会加深对祖国的认识和理解，会更加热爱自己的祖国。

为了这一目的，本丛书一共收入了《闪闪红星》《春天故事》《中国榜样》《昂首东方》等四本书。

《闪闪红星》一书是讲述近代以来久经磨难的中华民族是怎样站起来的故事。故事从五四运动前后的故事讲起，讲述了中国共产党怎样诞生，又是怎样经过艰苦卓绝的斗争建立了新中国，一直讲到五星红旗插上世界屋脊，中国人在国际社会上终于站了起来。

《春天故事》一书是讲述新中国成立后中国人民是怎样富起来的故事。故事从建国初期的国民经济窘境讲起，讲述了新中国经济建设是怎样起步和探索寻路的，又是怎样开启了改革开放的伟大进程，充分讲述了改革开放 40 年来取得的伟大成就，一直讲到走进创造美好生活的新时代。

《中国榜样》一书是专门讲述新中国 70 年涌现出来的一大批杰出人物的故事。从情系祖国的数学大师华罗庚、"一人抵过五个师"的大科学家钱学森讲起，讲到"隐姓埋名的两弹元勋"邓稼先，讲到雷锋，讲到农民改革家吴仁宝，一直讲到郎平、马化腾、文花枝等，为广大少年儿童生动展现了值得他们认真学习的"中国榜样"。

《昂首东方》一书是全面讲述新中国正在强起来的故事。强起来的故事不仅是以高铁为首的"新四大发明"，也不仅是举世瞩目的中国探月工程和中国航母乘风破浪，强起来的故事还在于社会公平正义，在于教育改革、文化繁荣、环境保护、大国外交，还在于扶贫攻坚精准推进。昂首东方的新中国是全面深化改革、满足人民日益增长的美好生活需要的新时代中国。

亲爱的少年儿童读者们！我们相信，通过阅读这套小丛书，你们一定会更加为新中国自豪，为新中国骄傲，会更加热爱新时代，珍惜新时代，茁壮成长在新时代，努力奋进在新时代！

"我爱你，中国"丛书，

安徽少年儿童出版社 2019 年 6 月出版。

"科学大王系列"总序

　　一个时期以来，推广阅读特别是推广校园阅读时，推荐阅读的图书大都是文学以及文史类图书，少量会有一点与科学相关，也还大都是科幻文学和科普文学作品，科学知识类图书终归很少。这不能不说是一个很大的缺憾。

　　重视文史特别是文学阅读，当然无可厚非——岂止是无可厚非，应当说是天经地义！"以史为鉴，可以知兴替"，读文史书的意义古人早已经说得很深刻。而读文学的意义更是难以说尽。文学是人学，是对人的灵魂和精神的洗礼，是对人的心性、品格和气质的滋养。中国近代思想家、《少年中国说》的作者梁启超先生曾经指出："欲新一国之民，不可不先新一国之小说。故欲新道德，必新小说；欲新宗教，必新小说；欲新政治，必新小说；欲新风俗，必新小说。"中国现代文学奠基人、著名文学家鲁迅先生年轻时认识到文学可以改善人们的思想觉悟，唤醒沉睡麻木的人们，激发国民的爱国热情，因而弃医从文，写出了大量唤醒民众、震撼人心的文学作品，成为"五四"以来新文化运动的先驱和主将。

一个人的少年儿童时期，能阅读到许多优秀的文学作品，必将受益终生。优秀的文学作品能帮助我们树立壮丽而远大的理想，激发我们追求真理、勇攀高峰的勇气，引导我们对人生、社会、历史以及文学艺术形成深刻的理解和体悟。文学阅读不能没有。然而，科学知识的阅读同样也不能没有。科学是关于发现、发明、创造、实践的学问。科学能帮助我们了解物质世界的现象，寻求宇宙和自然的法则，研究自然世界的规律……通过科学的方法，人类逐渐掌握了物理、化学、地质学、生物学、自然以及人文学科等各个方面的知识和规律。人类的进步离不开科技的力量。科技不仅仅承载着人类未来和探索宇宙等重大使命，也与我们的日常生活息息相关。了解必备的科技知识，掌握基本的科学方法，形成科学思维，崇尚科学精神，并掌握一定的应用能力，对于少年儿童的成长具有特别重要的作用。

然而，长期以来，我国国民的科学素质都处于较低的水平。相信很多朋友都还记得，2011年日本发生的9.0级强地震引发核泄漏事故，竟然在我国公众中引起了一场抢购食盐的风波。更早一些时候，广东和海南等地"吃了得香蕉黄叶病的香蕉会得癌症"的谣言传闻满天飞，致使香蕉价格狂跌不已，蕉农和水果商家损失惨重。虽然事情的原因比较复杂，但国民科学素质不高显然是一个重要因素。我们社会时不时就会出现的因为国民科学素质不高而轻信谣言传闻的事实，一再提醒我们，必须下大力气提高国民科学素质。

关于我国国民科学素质一直都处于较低水平的说法是有依据的。按照国际普遍采用的测量标准，经过科学的调查和测量，我国国民科学素质在"了解科学知识、理解科学方法、理解科技对个人和社会的影响"三个方面都达标的比例一直都比较低。这个比例 2005 年我国只是 1.60%，2010 年也只是 3.27%，2015 年提高到 6.2%，这个水平也只相当于发达国家 20 世纪 80 年代末的水平。经过近年来各级政府大力开展科学普及工作，2018 年我国国民科学素质的比例达到了 8.47%，进一步缩短与主要发达国家在这方面的差距。据中国科学普及研究所预测，到 2020 年我国国民具备基本科学素质的比例有望超过 10%。科学素质是决定人的思维方式和行为方式的重要因素，是人们过上更加美好生活的前提，更是实施创新驱动发展战略的基础。在科技日新月异、迅猛发展的今天，科技深刻地影响着经济社会人们生活的方方面面，国民科学素质已经成为国家综合实力的重要组成部分，成为先进生产力的核心要素之一，成为影响社会稳定和国计民生的直接因素。提高我国国民的科学素质，应当成为当前一项紧迫任务。

"科学大王"系列科普图书就是为着提高我国的国民科学素质特别是少年儿童的科学素质而编撰出版的。

"科学大王"系列科普图书由小书虫读经典工作室编著。整套图书共 10 本，分别为《植物大观》《动物传奇》《宇宙印象》《文明起源》《探险风云》《魅力科学》《我爱发明》《多彩生活》《生命奥妙》《神奇地球》等。

"科学大王"系列科普图书的编著者清晰认识到，这是一套面向中国少年儿童读者的科学普及读物，应当在以下几个方面明确编撰的思路和精心的设计。

首先，编著者主张着眼中国、放眼世界，编撰的内容既要适合中国的少年儿童阅读，又要具有世界眼光，选题严格把控，既认真参考发达国家同年龄阶段科学教育的课程内容，又从中国少年儿童的阅读认知实际出发。

其次，编著者要求主题集中，每本书系统介绍相关主题，让读者集中掌握相关知识，在一定程度上达到一定的专业知识完备要求。

第三，鉴于青少年学习的兴趣需要培养和引导，编著者在坚持科学知识准确的前提下，努力让素材生活化、趣味化。科学并不是摆放在神坛上供人膜拜的圣物，而是需要通过一个个生动问题的解决来体现的。编撰者希望这套图书既能够丰富少年儿童的课外阅读，让他们在快乐阅读中获取知识，又能帮助老师和父母辅导他们的课堂学习，激发他们发奋学习、勇攀高峰的兴趣和勇气。

第四，编著者力争做到科学知识与人文关怀并重。无论是书中问题的设计还是语言的表达，都要注意到体现正确的价值观、健康的道德情操和良好的审美趣味，要有利于培养少年儿童的大能力、大视野、大素质。

此外，这套图书在装帧设计和印制上下了很大功夫。装帧设计要努力做到科学与艺术的有机结合，插图要追求精美有趣。由于采用了高品质的纸张和全彩印刷，整套图书本本高品质，令人赏心悦目，足以让少年儿童读者在学习科学知识的同时也能得到美的享受。

在我国全民阅读特别是校园阅读蓬勃开展的今天，"科学大王"系列科普图书的出版无疑是一件值得予以肯定的好事。在阅读活动中，推广文史类特别是文学图书的阅读，将有利于提高国民特别是少年儿童的人文素质，而推广科技知识类图书的阅读，则将有利于提高国民特别是少年儿童的科学素质。国家要富强，民族要振兴，国民这两大素质是不可缺少的。

"科学大王系列"，

天地出版社 2019 年 7 月出版。

《广西宜州文学作品典藏（1979—2019）》总序

  宜州是我的家乡。宜州是广西的一座历史文化名城。秦时属桂林郡地，汉元鼎六年始置定周县，晋改龙岗县，唐为龙水县，宋改宜山县，1993年改为宜州市，2016年成为河池市宜州区。

  同许多历史文化名城一样，我的家乡一直以自己深厚的人文历史积淀为荣。宜州的地方史志上记载有许多历史文化名人。北宋时期著名的江西诗派代表人物黄庭坚，他人生的最后岁月是在这里度过的。他为古城留下了著名的词作《虞美人·宜州见梅作》，更为我的家乡开了尚文好学的风气。太平天国的翼王石达开曾率部在此驻跸，在城北会仙山白龙洞留下了题壁诗，这是太平天国遗存下来的唯一一首题壁诗。宜州历史上还出过状元。北宋时期"三元及第"的状元冯京即出自这座边远古城，中国1300多年的科举史上连中三元的只有13名，冯京即是其中一位。特别需要说到的是，我国壮族民间传说中的歌仙刘三姐，关于她的身世虽然流传着不同版本，而最广泛流传的当属流传在宜州一带的传说，现在宜州有一个风景如画、山清水秀的刘三姐乡，也算是一个明证。

岁月不居，春秋代序。新中国成立70年来，宜州的经济社会发展日新月异，人民群众安居乐业。与此同时，文化建设也令人瞩目。宜州是著名彩调之乡，上个世纪50年代宜州的彩调剧《刘三姐》和《龙女与汉鹏》曾晋京在中南海怀仁堂演出。改革开放以来，在全国性文化旅游一系列评选中宜州屡获殊荣，先后获得过"全国文化先进市""中国优秀旅游城市""中国最佳生态休闲旅游名城"和"中国民间文化艺术之乡"等荣誉，一年一度的刘三姐文化旅游节获得过"中国最具民族特色节庆"称号。宜州文学艺术创作的繁荣则不仅使得古城从来就不曾缺少过文学艺术发烧友，而且有许多作品从这里走向广西，走向全国。

家乡悠久的历史文化令我们神往，家乡美好的现实成就让我们骄傲。出于文化自信，也出于家乡情怀，我在看到广西民族出版社出版的四卷本《广西宜州文学作品典藏（1979—2019）》编选书稿时，感到异常高兴。家乡的文学创作一直在很有张力很有成绩地进行着，这我是晓得的，可是居然有着这么大的张力这么丰饶的成绩，却是我不曾预料到的；家乡的文学创作一直代有新人，这我也晓得，可是新人居然有这么多而且写出过这么好的文字，却更是我不曾预料到的，不免让我有一阵激动，许多欢喜。

关于对我家乡的文学创作的评价，也许我说了不算，因为终归有王婆卖瓜之嫌。那么，请读者诸君稍微花一点时间读一读这套书各卷的序言吧，相信一定会比较深入地认识和理解到书中入选作品的质量。这些序言的作者并不是宜州籍人士，却对宜州的文学创作有着相当的熟稔和研究，因而既具有一定的客观性，又符合知人论世的评价要求。石一宁先生为"小说卷"所作序言以《一方水土，十方世界》为题，站位颇高，体察很深，他认为书中"这些作品，是一方水土的呈现，也是十方世界的映照"，指出了入选作品独特的地域特色和广博厚重的人文价值。何述强先生为"散文卷"所作序言取了一个相当散文化的篇名——《生命中有一个流水潺潺的村庄》，多么美，多么动情！文中他动情地表达了他对宜州作者散文作品的感觉："感谢古城宜州传递过来的温度和力度，感谢被文字簇拥而来的泥土、草叶和露珠的气息。感谢坚守者的虔诚和执着，感谢宜州游子们那超越宜州放眼世界同时深情回眸给我带来的启示。我不吝于用下面的词语表达我的阅读感受：深邃、深刻、深沉、深情、生动、鲜活。"杨克先生为"诗歌卷"所作序言以《诗歌存，家乡不远》为题，显出很浓的诗意与哲思，进而他在文中讲述道：诗集"所蕴含的扎根生活沃土、守望共同家园的诗意栖居智慧，以从容不迫的气度在你我耳边叮咛：只要心中有诗歌，家园必然就在不远处"。"戏剧卷"的序言作者是常剑钧先生，他为序言所拟的篇名让我们精神为之一振，请看——《江山到此不平庸》，多么有动感，多么有气势！真正的文学艺术创作最不可缺少的品格就是"不平庸"，剑钧先生用"不平庸"来评价我家乡的创作，实在是给力了！四位序言的作者都是国内文学艺术界的名家，得到四位名家如此给力的好评，我的家乡有福了。

文学名家给予高度评价的这些作品都是 1979—2019 年期间公开发表过的。1979—2019 年，是改革开放取得巨大成就的时期，是中国特色社会主义进入新时代的时期，是迎接新中国 70 华诞的重要时刻。宜州地方的领导们决定组织编选出版这样一套高质量的文学作品典藏，既是加强新时代宜州文化建设的重要举措，也是对改革开放 40 年的纪念，更是向新中国 70 华诞的献礼。我在为家乡的文学作品点赞的同时，还要为家乡的领导们在文化建设上的这一举措喝彩。

最后，我还要再说一遍：宜州是我的家乡，我爱我的家乡！家乡如父，可敬、可传、可期待；家乡如母，可亲、可爱、可依恋。我爱家乡的种种美好事物，一山一水，一街一桥，一亭一阁，一草一木，一人一物，一言一语，一诗一画，一歌一吟，皆会在我心中留存，而《广西宜州文学作品典藏（1979—2019）》的出版尤为让我喜欢。我爱家乡悠久而美好的历史文化，我爱家乡正在全面发展中的现实生活。我晓得，家乡今天的发展来之不易，家乡的父老乡亲为此付出过多少辛劳，"惟知之深，故爱之切"，因而愈发激起我对家乡的敬重和眷念，我坚信，家乡的明天会更好！

《广西宜州文学作品典藏（1979—2019）》，
广西民族出版社 2019 年 11 月出版。

《书要这样读：小学生整本书 阅读计划》总序

人类的生存离不开阅读，人类社会的发展离不开阅读，青少年的成长更离不开阅读。

我们这套丛书的两位顾问，对青少年阅读与成长的关系有精辟的论述。著名教育家朱永新说："一个人的精神发育史就是他的阅读史。"著名语文教育专家温儒敏说："读书养性，阅读习惯是给一生打底子的事情。"阅读，对于个体的精神成长至关重要，对于青少年而言，更是健康成长的不二法门。

对于阅读的目的和意义，我有这样四条总结：

读以致用，书到用时方恨少，不阅读就不会知道世界的广阔和美好，就不能学到立身立业的知识和本领，阅读力就是学习力！

读以致知，求知是人与生俱来的基本需求，也是我们读书的原初动力，而中小学的孩子们，拥有更多"神圣的好奇心"，阅读是他们求索知识、终身学习的核心途径。

读以修为，阅读帮我们提升自我修养，"腹有诗书气自华"，人多读书，就能拥有在浮躁社会中难得拥有的静气、文气、秀气、灵气、雅气、书卷气、平和之气。

读以致乐，这是我们阅读的最高境界，所谓"好之者不如乐之者"，青少年只有"乐读"才不会"厌读"。出于兴趣的阅读是快乐的，而阅读产生的成就感又会进一步提升阅读的兴趣。

以上这四大目的，并不是泾渭分明的，实际上，人们的阅读往往综合着丰富的目的和需要。如果扩展到民族、国家、社会的视角，阅读是关乎文化传承、民族复兴、强国建设乃至人类进步的大事。今日的青少年——未来的国民阅读状况极大改善之时，必将是中华民族实现伟大复兴之日。在这激动人心的历史进程中，我国教育界尤其是中小学教育系统必将做出基础的也是最重要的贡献。

2017 年 3 月，在全国政协十二届五次会议上，我提出过一个提案，即《关于在我国中小学设立阅读课的建议》，这也是我自 2003 年 3 月成为全国政协委员以来提出的近百个提案中的最后一个。这个提案虽然现在还没有被采纳，但是得到了教育部有关部门的重视。大家日益形成共识，中小学语文课程改革还将进一步加大学生的阅读总量。而且，在整个中小学期间，学生在各个学科上都将面临越来越多的阅读要求，如果不设法提高学生的阅读力，他们根本无法应对改革后的课程标准和学习模式。

为此，我先是写作了《阅读力》一书，讨论国民阅读的状况及意义；之后又写作了《阅读力决定学习力：提高阅读力的 11 堂课》，为老师和家长提供中小学生阅读能力培养的建议和方法。

《书要这样读：小学生整本书阅读计划》丛书，可以说是践行阅读的意义和方法、为小学生阅读尤其是整书阅读提供了一套课程化、系统化的具体方案。

小学生的阅读应该是自由的、基于兴趣的，同时，在他们还没有建立起完善阅读能力的情况下，又需要有效的引导和帮助。这也是老师和家长在阅读教育中遇到的最大难题：应该"读什么""读多少""怎么读"，读过之后如何培养阅读思维、提升阅读能力、养成阅读习惯，又如何把阅读能力转化为表达、写作能力，在阅读教育的过程中，这些都需要具体可行的方案。

丛书的编写团队，汇聚了一批阅读专家、青年学者和一线教师，他们根据小学阅读起步阶段、过渡阶段、基础阶段的特点和需求，综合孩子的年龄特点、阅读兴趣、能力水平，以经典作品为主干，大胆加入符合时代发展的"新经典"作品，科学分析学生的阅读量、阅读时间等实际情况，对小学全学段的阅读书目、阅读方法、导读解读、考查方式、能力延展等方面提供了一套完整、具体的计划，可以作为小学生和家长整书阅读的"伴读手册"，同样适合学校老师作为开展整书阅读活动、开设整书阅读课程的"教学方案"。

青少年阅读的引导与教育，需要全社会专家、学者、教师、家长共同的探索和创新，《书要这样读：小学生整本书阅读计划》不是唯一可行的"方案"和"计划"，但如果这套丛书能起到一种示例和参考的作用，对提升小学生整书阅读能力有所帮助，我和编写团队就会感到十分的快乐和荣幸！

《书要这样读：小学生整本书阅读计划》（聂震宁主编），
广西师范大学出版社 2022 年 1 月出版。

单篇阅读和整本书阅读

——"素养悦读——中小学阅读素养丛书"总序

多年来的新语文课程标准均强调要"读整本书","读整本书"正在受到我国中小学语文教育的高度重视。"读整本书"的理念源自著名教育家、作家、编辑家叶圣陶先生，已经逐渐成为我国教育界的共识。整本书阅读，不仅可以使青少年学生扩大知识面，发展语言能力，提升思维能力，提升精神境界，还可以帮助他们认识到书籍中内容思想的完整性、系统性、结构性和文本逻辑的严密性、协调性和层次性。学会读整部书，学生终身受益。

叶圣陶先生不仅提出了"整本书阅读"的理念，还提出了"把整本书作主体，把单篇短章作辅佐"的要求。单篇短章的阅读更为贴近学生的生活实际、认知能力、趣味特点，可以帮助学生拓展视野、精细思维、丰富素养，帮助他们从单篇学作文，从短章练叙述，提高审美鉴赏与创造的核心素养。博览整本书与单篇，学生素养更加全面。

　　"素养悦读——中小学阅读素养丛书"是为了秉承"把单篇短章作辅佐"这一要求，通过单篇短章的汇编，提高中小学生的阅读素养而编选的。

　　其实，单篇不单。单篇可以引发举一反三的认知拓展和联想创新的思维训练，单篇可以从一篇内容引发与丰富实际生活的联想，从以知识立意向以能力立意转变，形成作文构思的训练。单篇不单，单篇阅读可以形成学生拓展阅读的主题，调动学生更广泛的阅读兴趣。

　　单篇不单，倘若将若干单篇汇成文选，并不亚于整本书阅读的丰富性。近十多年来，在中小学阅读教学课型中，单篇汇集阅读正在演变成一种新课型，即群文阅读，明显扩大了单篇阅读的丰富性。

　　"素养悦读——中小学阅读素养丛书"为了满足学生阅读内容丰富性的需求，特别把单篇汇集成群文，供学生开展群文阅读。

　　在传统阅读教学中，单篇阅读和整本书阅读是中小学阅读最为普遍开展的两种阅读教学课型。近十多年来，群文阅读作为一种具有突破性的第三种课型正在悄然兴起。所谓群文阅读，是指围绕一个或多个议题，选择一组结构化文本，通过集体建构达成共识的多文本阅读教学。群文阅读中各种单篇大多来源于生活，群文阅读集中展示同一议题下的不同名篇，必然使得实际生活中各种场景在语文的海洋中引起学生的很大兴致，学生的精神世界也能够借此机会得到升华。

学生通过群文阅读，可以养成同议题群文阅读开展比较思维的习惯，增强在多文本阅读中辨识提取、比较创新的能力，从而达到构思作文时求新求异、另辟蹊径的要求。

"素养悦读——中小学阅读素养丛书"为了满足语文教学标准及新课改的实际要求，在群文阅读中进行分级选编、分级讲解指导。培养中小学生的阅读素养，要与学校教育教学实际融合，而不能脱离学生学习进程的实际，这是学生开展读书行动的重要要求。

要与学校教育教学实际融合，就要提高课外阅读教学的针对性，这将关系到学生阅读能否真正提高个人的整体素养和学习成绩。丛书在分级阅读选编和讲解指导中，编撰团队努力为学生提供多样化、个性化的阅读材料以及阅读教学资源，精心进行细致的分析把控，目的是直接有利于学生的学习，进而达到读以致知、读以致用、读以修为、读以致乐的境界。

为了让学生读以致用，丛书还搭配了丰富的数字资源，帮助学生提高阅读效率，精准把握核心重点，激发阅读兴趣。每本书的每个单元都有"单元概括"引导视频，每篇文章都制作了"文章导读"讲解视频。在1~2年级阶段，学生正处于识读阶段，丛书增加了"朗读示范"的音频，让学生在读以致乐中读以致知。

提高学生的阅读素养，通过阅读达到全面育人的目的，就要注意提高学生的阅读量，扩大阅读的覆盖面，既要坚持

"读整本书"，又要"把单篇短章作辅佐"，群文阅读，分级阅读，并加以引导。正如鲁迅先生所说："必须如蜜蜂一样，采过许多花，这才能酿出蜜来，倘若叮在一处，所得就非常有限。"成长中的中小学生尤其需要注意扩大阅读的覆盖面。让我们共同努力，重在激发学生的阅读热情，着力提高学生的阅读量，帮助学生养成阅读习惯，快乐阅读，健康成长。

"素养悦读——中小学阅读素养丛书"（聂震宁总主编），

河南文艺出版社 2023 年 8 月出版。

建立知识体系的广度阅读
——"中国人的文化常识课"丛书总序

在多年的全民阅读推广活动中，我有一个强烈的感受，就是大众读者对中华优秀传统文化的阅读需求越来越普遍，尤其是对其中的书法、美学、文学、建筑、音乐、戏剧、绘画等文化常识的兴趣特别强烈。

"中国人的文化常识课"是一套专为中国青年读者打造的文化常识普及读本。丛书内容涵盖中国书法、美学、文学、建筑、绘画、音乐与戏剧等，共六册，重点介绍了中国主要文化艺术的发展历程、不同流派风格、杰出艺术家及其作品等。丛书编写具有全面性、系统性和权威性，用生动有趣的语言、漫谈式的讲述方法、短小精悍的故事、丰富多彩的插图，帮助读者在不长的篇幅里知晓中国主要文化艺术的知识和内涵，了解古代艺术巨匠们的人生，深入鉴赏他们的作品，从而开阔视野、增长见识，提升文化修养，感受中华优秀传统文化的人文魅力。

"中国人的文化"按说应该包括中华民族全部的物质和精神活动，从狭义来说，则是中华民族精神生产能力和精神产品的全部。文化一般应包含哲学、历史、教育、科学、文学、艺术、卫生、体育等方面的内容。然而，考虑到当前社会大众的阅读兴趣，同时为了提升青年读者对文学艺术常识重要性的认识，我们还是按照当下社会行业的分类习惯，将文学艺术各领域归置于文化系统之下，称之为"中国人的文化"。这是需要向读者作出说明的。

中华文化博大精深，中国的文学艺术只是伟大的中华文化中不可或缺的璀璨瑰宝之一。近些年来，随着权威部门每年评选出若干以中华优秀传统文化为主题的"中国好书"，全民阅读出现了一系列弘扬中华优秀传统文化的品牌阅读活动。网络上相关的内容也日益增多。青年读者对于中国文化常识的阅读渴望，正在形成新的热潮。

读者阅读学习"中国人的文化常识课"丛书，不仅可以认识中国文学艺术的基本形式和样貌，了解经典文学艺术作品的基本内容，感受中国文学艺术作品表达的审美意境，学会辨别文学艺术作品中的优良和糟粕，更重要的是，还可以树立新时代中国人应有的文化自信和文化自强。

阅读学习"中国人的文化常识课"丛书，读者不仅可以学习到他们感兴趣的某一类或某几类文学艺术的基础知识，还可以奠定他们基础性文化常识的学习广度。在 21 世纪，单一的专业学习已经难以适应知识迭代的速度，学科交叉融合学习发展是大势所趋。开展宽广的常识教育，既能够帮助读者享受到中华优秀传统文化的审美愉悦，又能够引导他们在知识与知识之间得到复合性和关联性的启发，在现实社会生活与中华文化审美的相互观照、相互比较中学会鉴别。《礼记·学记》曰："知类通达，强立而不反，谓之大成。"《论衡》曰："博览古今者为通人。"读者通过这种广度阅读学习，将逐步形成自己的知识体系、价值理念、认知水准和审美能力。这是全面培养当代中国人综合素质的必要方式。

"中国人的文化常识课"丛书在策划之初，编写者们就把读者对象锁定在青年人身上，同时也希望为全民阅读中的社会各界读者提供一套通俗易懂的文化常识读物。为此，编写者们明确把可读性、系统性作为写作中的主要追求，既强调"知"的传授，又注重"识"的培养，尽力把知识讲得引人入胜、深入人心；既承认"知"的碎片性，又强调"识"的系统性，尽力把知识讲得连贯完整、全面系统。总之，编写者们努力把自己负责编撰的分册写得知识准确、架构合理、识见丰富、叙述系统、生动有趣，努力为当代读者奉献一套充盈历史意蕴和艺术灵气的文化普及读物。

编写者们努力了，相信读者一定会喜欢。

"中国人的文化常识课"丛书（聂震宁主编），

广东教育出版社 2024 年 1 月出版。

叩开数学之门，体会数学之妙

——《共和国的数学家（青少版）》总序

新中国成立以来，我国数学界人才辈出，名家灿若星河：华罗庚、陈景润、冯康、许宝騄、苏步青、吴文俊……这些伟大的数学家，有的自幼便展现出非凡的数学天赋；有的虽在童年时数学成绩平平，但后天凭借着坚韧不拔的毅力和勤奋，努力登上了数学的高峰。他们为我国乃至全球数学的发展作出了杰出的贡献。

这些伟大的数学家人生不乏传奇。他们的奋斗历程和卓越成就，是值得我们深入学习的宝贵精神财富。

艰涩的理论，抽象的符号，奇奇怪怪的图形，仿佛比岁月更漫长的演算，让数学常常偏居一隅，略显孤僻。然而，这些伟大的数学家，沉浸在数学世界里，缔造璀璨星河。他们灯下伏案，在一张张草稿纸中艰难前行。然而，他们显然是值得我们仰望的攀登者。他们以努力兑现天赋，在平凡与琐碎中建筑传奇，把深邃的数学写成透光的故事。

当你尝试着像理解数学一样去理解数学家，就会发现：伟大的数学家们是有血有肉的平凡人，并非高不可攀；数学是实用且有趣的学科，并非遥不可及。正如"集合论之父"康托尔所说："数学的本质在于它的自由。"数学给予数学家的、给予我们的，从来都不是束缚，而是自由。自由也喻示着最大的纯粹，以及最深的孤独。一个个数学家用热爱诠释了数学这些看似冰冷的特质，而这些特质不但是我们理解数学的关键，也给了我们最妥帖的安慰和治愈。

文学有自己的童话城堡，哲学有自己的"理想国"，而数学同样可以领我们漫游仙境。用数学的眼光看世界，世界也是五光十色的；用数学的方法想问题，或许还会带给我们不一样的豁然与柔软。期待你叩开数学之门，体会数学之妙。但愿你在跟随数学家的脚步行走在数学森林中时，会身不由己地掉进一个兔子洞，然后就与数学秘境相遇了。

亲爱的同学们，在轻轻翻开这套丛书时，你们就已经推开了数学科普之门。你会看见数学与生活交相辉映，与文学乍然相逢。在一个个伟大的数学家人生历程里，数学褪去枯燥，褪去在很多人眼里的怪异面目，回归它应有的真诚与真实。书中的每一个故事、每一处细节，都源于史料，是不会凋零的珍贵记忆。伟大的数学家用一生的执著告诉我们，数学不是深渊，它托得起小说般的跌宕人生，也照得亮始终如一的家国情怀。数学，就像我们歌颂过无数次的日月星辰，推窗可见、转身即遇。这是一次数学和文学的碰撞，在学习数学知识的同时，你们可以感受文学之魅力和阅读之乐趣。

这是一趟奇妙的旅程，趣味盎然的文字，将把你们带进这些数学家的世界，感受他们的跌宕人生和艰苦历程；精美传神的插画，将带你们穿越时空，感受他们为数学事业付出的艰辛与努力，领略他们的家国情怀和人格魅力。

欣赏完这套人生图景丛书，你们会发现，书中许许多多的故事会有助于你们用伟大数学家的家国情怀看待人生，用伟大数学家的奋斗精神勇往前行，用科学的眼光看世界，用数学的方法想问题。为此，期待你们叩开数学之门，体会数学之妙，学习伟大数学家的精神。衷心希望，这套丛书能成为你们成长道路上的好伙伴。

《共和国的数学家（青少版）》，
湖南教育出版社 2024 年 9 月出版。

推荐"开明阅读书系"
——"开明阅读书系"总序

2023 年 3 月 27 日，教育部、中央宣传部等八部门联合印发《全国青少年学生读书行动实施方案》（以下简称《方案》）。新时代青少年学生读书行动进入新征程！

少年强，则国强；少年智，则国智；少年爱读书，则学习成长有希望。开展青少年学生读书行动，是从立德树人"根基"架起教育强国"柱梁"的战略安排，是以学生阅读这一起点对准了德智体美劳全面发展这一目标的一项重要举措。

《方案》的印发，对当前青少年中小学读书提出了一系列重要要求，做出了相关教育课程改革的部署，具有划时代的意义。

对于开展青少年学生读书行动，《方案》提出重在激发读书兴趣，养成良好的阅读习惯，充分调动青少年学生读书热情，倡导广泛全面阅读，融入学校教育教学，引导青少年学生在读书中享受乐趣、感悟人生、获得成长。

青少年学生读书,往往遇到最直接的矛盾是个人读书与在校学习的关系。不少人担心,学生读书会影响学生的学习成绩。可是,恰恰相反,国际著名教育家苏霍姆林斯基指出:"要使得学生变聪明起来的方法,不是补课,不是加大作业量,而是阅读、阅读、阅读。"我国著名语文特级教师于永正指出:"学习成绩好的学生,他的学习能力不一定强,而阅读能力强的学生,他学习能力就一定也是强的。"其实,宋代著名文学家欧阳修早就说过:"立身以立学为先,立学以读书为本。"为此,我提出了"阅读力决定学习力"的观点,这个观点也受到了教育界、阅读学界专家们和许多读者的认可。

进入新时代,我国教育系统普遍重视学生的阅读状况,几乎都通过加强阅读改善了学生的学习状况。为此,我应邀去过许多中小学校,为学生们做阅读讲座,也考察了许多学校开展阅读教育的情况,真切感受到,开展阅读明显有助于中小学生素质的全面提升。

2023年8月末,我到过我国中部地区的一个县考察中小学阅读教育。这是一个经济欠发达的县份,可在全省义务教育质量监测中却综合排名第一,他们的主要经验就是开展了14年之久的阅读教育,那里城乡学校学生的变化相当明显。整体上看,玩手机打游戏的少了,爱读书爱学习的多了;乱丢乱扔的现象少了,讲文明讲礼貌的多了;胆小内向的少了，阳光自信的多了。从学生个体上来看，阅读教育提升了学生的自我管理能力，学生学会了时间管理和行为管理，书包书本摆放得整齐划一，课桌抽屉收拾得干干净净；阅读也提升了学生的综合素质。

2023 年 9 月 2 日，我应邀参加北京市海淀区教委、海淀区教育研究院组织的"开学第一课"，在北京市十一学校礼堂，通过线下线上向学校师生和家长们作"努力提高学生的阅读力"的专题讲座。那天是一个星期六，头一天就接到不少熟人朋友的微信，说明天早上要跟孩子在网上听我的讲座，我这才知晓，学区要求所属中小学校的学生们跟家长在家里一起上网收听讲座。那天，北京市十一学校宽敞的礼堂里坐满了学校老师和家长，气氛热烈，令我心情激动，可是想到还有许多学生和家长在家里上网听讲，我心里更加激动。这激动不仅是为了学生们的阅读受到了老师家长和学生们高度重视，更因为北京市海淀区的基础教育在全北京市乃至全国都是走在前面的，可是，即便走在前面了，他们依然遵照教育部、中宣部等八部门的《方案》，切实开展学生读书行动，为学生们的全面健康成长不断作出努力。

为了更好地开展中小学生读书行动，现在，我向大家推荐"开明阅读书系"。这套书系是由东北书局和开明出版社共同打造的适合中小学生阅读的丛书。书系最大的特点是与教育部指定的新教材同步，与必读书目无缝对接。名师团队在编写过程中，不仅遴选名家名篇，更为注重的是导读提示，精读旁批，难点注释，切实指导学生解决如何读、怎样读的问题，帮助学生学懂、弄通、吃透。书系贯彻教育部课程改革的新精神，以立德树人为根本，以阅读人生为视野，提高学生的核心素养。书系涵盖了题材各异的经典文学作品，让阅读内容形式更丰富，让经典更好读。书系的所有编排均从学生阅读兴趣入手，让孩子们阅读起来更轻松、更开阔、更喜欢，更好地培养学生良好的阅读习惯。书系还具有课程化阅读体例，配有阅读手册，帮助学生更好地理解作品内容，不断提升阅读质量。

书系计划推出 100 种作品，将分阶段陆续出版。我们期待，阅读带给孩子们的是了解和开启世界的钥匙，探索人生和未知世界的力量。

"开明阅读书系"（聂震宁主编），

开明书店、东北书局 2024 年 6 月起出版。

辑二　为作者作序

《宜山县抗日战争史料汇编》
序言

　　70 多年前，中国人民经过艰苦卓绝的长期抗战，最终取得了伟大胜利，从而也为世界反法西斯战争的胜利做出了巨大贡献。抗日战争的胜利，是近代一百多年来中华民族反对外敌入侵取得的第一次伟大胜利。对于中华民族，无论以多么血脉偾张的激情和狂欢来纪念这一胜利，都不为过。因为这是一个拥有五千年文明的伟大民族，已经处在积弱积贫的历史困境和被凶残外敌杀戮到最危险的时刻，最后竟能绝地反击，前赴后继，克敌制胜，迎来中华民族的历史性胜利和从此自立于世界民族之林的国运转机。这是一个不堪回首的惨痛的日子，这更是一个伟大而值得永久纪念的日子，交织着惨烈、屈辱、反抗、愤怒与自豪。70 多年过去，时间消逝愈是久远，中国人民对这场胜利的记忆和认识愈发深刻。2015 年，国家首次举行纪念抗战胜利的大阅兵，许多地方举行各种纪念活动，其盛况此前确实不曾有过。

广西原宜山县，现已改制为河池市宜州区，是我远在西南边陲的可爱的家乡。在我的记忆中，这是一个人文荟萃、民风醇厚的地方，传说中的歌仙刘三姐即出自家乡秀美的山水之间。因为地处西南边陲，这里多是重峦叠嶂，现代战争难以展开，故而在我的印象中，家乡似乎在70多年前的抗战中较少故事可说。小时候，我在这里听外婆说得最多的与抗战有关的两件事，一是"躲飞机"，二是"逃日本"，都是普通老百姓躲避入侵外敌的事情，远不如其他许多地方发生过的惨绝人寰的屠杀、惊天动地的战斗那样动人心魄。外婆虽然经过"躲飞机""逃日本"，但从不曾向我们痛说苦难，这也许是我们民族惯有的内向隐忍的性格使然，又兼老人家身体康健，以90多岁的高龄活到20世纪80年代初，让后辈们觉得老人家好像不曾受过多少苦难折磨，故而让少年的我对家乡的抗战岁月只存着一些轻浅浮泛的平常想象。

我无论如何也不曾想到，其实，70多年前，在我的青山绿水环抱的家乡，也曾经发生过惨烈的屠杀和激烈的战斗。这里一度是中日敌我双方战争最高指挥官战役部署中不敢忽略的一个战略要地。这里一样有过老弱转沟壑、青壮死战场的全民抗战，山河曾经为之鸣咽，道义曾经为之怒吼；这里一样有过"将士百战死、杀得敌酋归"的厮杀，抵御敌军这里曾经日月失色，抗战反攻这里有过龙云虎风。家乡的不孝子孙如我，活过了甲子之年，方才获得一个幸运，识得家乡抗战的真实情景，填补了我认识上的一大片空白。这个幸运，便是家乡的杨廉洁、温凯、杨廉纯三位有识之士让我读到了他们收集整理的《宜山县抗日战争史料汇编》。

广西人民出版社出版的《宜山县抗日战争史料汇编》整理收入自 1938 年到 1945 年在宜山这片土地上发生的与抗战相关的大量历史图片和文字史实，一幅幅图片，一段段文字，真实而感人，清晰而准确。图片文字连接着生与死、爱与恨、悲与愤，连接着一个不屈民族的尊严，连接着我国一个边地县份为国家的抗日图存做出的一切努力。有了这部史料，我的家乡历史顿时显得愈发厚重，我的家乡血脉与华夏大地愈发联系得更加通畅，我的家乡精神与中华民族精神本来就是一个整体，从此却有了更加宏大的气象。大学者陈寅恪曾说"国可亡，史不可灭"，因为修史"系吾民族精神上生死一大事"。修史，对于一个民族的重要性如此，对于一个地方何尝不是如此！这部史料，可以说为我的家乡宜州区的历史注入了难能可贵的生命力。与此同时，把我们民族的精气神更好地传输给后世的子子孙孙。

据我所知，搜集整理这部史料的三位家乡人，都不是抗战文史专家，都有自己的其他专门工作。然而，出于他们深厚的家国情怀，出于他们对 70 年前国家民族那场伟大战争的深刻理解，也出于他们对史料工作的强烈兴趣，他们竟然在业余条件下，做出了亟需专业精神和专业条件支撑的文史资料搜集汇编工作，取得了如此不俗的业绩。这一业绩的取得，更重要的是出于他们的责任感和使命感。他们没有把做学问的事情当作荒江野老、素心清淡的个人之事，而是无私地奉献给自己的家乡，奉献给中国人民纪念抗战胜利70周年这一重要时刻。我要向他们致以崇高的敬意！

这部史料搜集整理工作得以顺利完成并正式出版，还要感谢宜州当地各级领导给予的关心，感谢广西出版传媒集团公司及广西人民出版社领导、编辑给予的支持。十四年抗战，国之大事，不仅要落实到重点史料的搜集整理上，也要体现在一个又一个局部史料的剔抉搜集中，由此蔚为不忘历史、面向未来的宏大气势，其深远而重大的意义是显而易见的。

《宜山县抗日战争史料汇编》，

广西人民出版社2015年9月出版。

《宜山县的民众抗战》
序言

  我的广西河池市宜州区老乡杨廉洁先生和他的两位合作者，曾在 2015 年，中国人民庆祝抗日战争胜利 70 周年的时刻，编著过一部《宜山县抗日战争史料汇编》，约我作序，由广西人民出版社出版。那是搜集和考据都达到一定专业水准的一部史料著作，当时我为家乡抗战时期曾经有过的遭遇而惊奇，也为编著者爱国爱家乡的拳拳之心、自觉意识以及刻苦精神而感动。时隔一年，现在，杨廉洁先生和李会华、杨廉纯又为家乡奉献一本抗战的史学专著《宜山县的民众抗战》（广西人民出版社）。比较起来，此书在立意上有较大提升，它集中反映抗战期间，我的家乡宜山县民众抗敌斗争的历史事实。展读此书，我的精神为之一振，不仅是为我的父老乡亲为保家卫国曾经有过的抗击日军侵略而自发起来的浴血奋战，还为杨廉洁先生等人为抢救历史历尽艰辛编撰此书的奇崛立意。

　　我的家乡，那是民间传说中的歌仙刘三姐出生的地方，那里的乡村有青的山，绿的水，有悠扬的山歌和拙朴的土风舞，还有古老的城区和幽静的九街十八巷。在我的记忆中，家乡人通常以早上有一碗米粉，晚上有二两米酒为满足，以为自给自足的生活养育成了家乡人与世无争的地域文化性格。为此，我曾经在文学创作中反映过这种地域文化性格，甚至以一种大而无当的创新精神作出反思，写成一些幽默小说，获得过某些奖励。然而，现在读罢《宜山县的民众抗战》，我忽然发觉自己的认知和写作是多么的无知和浅薄！请看，我的家乡父老乡亲曾经对抗战期间转辗而至的浙江大学爱国师生热情相待，让人们真切地感受到桂西北一座县城与中华大地的血脉相连；家乡沦陷时期，一支支抗日民众自卫队曾活跃在那青山绿水间，面对残暴的日本军队烧杀掳掠，我的父老乡亲以牙还牙；日本军队武装到牙齿而肆意横行，我的父老乡亲全民皆兵，即便只有鸟枪梭镖也要与日本军队对杀到底。我的家乡曾经有上万好男儿从九街十八巷和乡村走出，奔赴抗战前线，至今谁也不知道他们当中到底还有多少人征战而回。请问，这是自给自足吗？这是与世无争吗？不！这是自强不息！这是拼死抗争！这是我的家乡深层次的地域文化性格，是"君子以自强不息"，是"天下兴亡，匹夫有责"。我为家乡父老乡亲们的家国情怀而感动，我为家乡父老乡亲的爱国义举而自豪。

　　读罢《宜山县的民众抗战》，我在为家乡父老乡亲英勇抗战的故事激动感慨之余，还引发了一番沉思。抗战时期，家乡自发而起的一批抗日民众自卫队大体有三类情形，一是有中国共产党地下组织领导或参与，二是完全由村民们自发组建，第三则是乡村社会有影响的人物率众揭竿而起。这些队伍，总体来看，国难当头的时候他们的战斗不可谓不勇敢、牺牲精神不可谓不坚定，都为国家和家乡做出了各自的贡献。然而，从史料反映的情况来看，第一类队伍显然具有鲜明的理想主义和严肃的组织纪律，受到人们的敬重；第二类队伍处于比较明显的松散的自发状态，显得是如此地亲切；而第三类队伍则相当复杂，全看头领个人的人格品性。至于抗战胜利后，每一类队伍后来的命运就可想而知了。第一类队伍不久就投入了人民的解放战争，为家乡的彻底解放做出了特殊贡献；而第二、三类队伍，有的抗战之后即自行解散，解甲归田，有的竟然演变成新中国之初的匪患。这是历史的宿命，也是引发我沉思的地方；这是历史的规律，也是给人们留下经验的史实，同时，还留下无奈的叹息……

我还要为杨廉洁先生和他的团队编撰此书的奇崛立意表达赞佩之意。早在2015年我曾对《宜山县抗日战争史料汇编》表示过欣喜之情，因为之前抗战史料的空白，作为家乡的子孙，我竟然对家乡在中华民族十四年抗战中发生过的人和事懵然无知，这对于常人而言算不上什么事情，可是对于像我这样的顶着一个文化名人头衔的人，则是很不应当的，大概也称得上是数典忘祖了吧。所以，他们发给我书稿请我作序，我延宕了一些时日，主要是觉得好看、耐看，觉得亲切，因而看得仔细，也算是在补上家乡历史不可缺少的一课吧。据悉，那本书出版后，颇为受到家乡读者的欢迎和抗战史专家们的注意。我以为对于这样一位业余史学爱好者，能够出版这样一部填补空缺的史料，也就算是可以立功立言了，不会再在这方面还要做什么进取的了。不曾想，一年之后，在"七七"卢沟桥事变八十周年即将到来之际，杨廉洁和他的团队又编撰出这部《宜山县的民众抗战》史料著作，让我很是意外。这次拜读后，只觉得他的立意堪称奇崛。在收集整理家乡的抗战史料中，他匠心独运，选取民众抗战的史实加以集中撰写，他通过这样的撰写，使自己从一个认真、仔细搜集整理史料的业余史学搜集整理者努力升华为具有弘扬民族精神情怀的史学专著写作者。总之，能够继续坚持挖掘、抢救、整理家乡民众抗战历史，出版这本书，让家乡的抗战历史得以补充和完善，作者的执着、奉献精神和专业水平实在让人钦佩。为此，我在向家乡英勇抗战的民众致敬的同时，还要向杨廉洁先生和他的团队致以由衷的赞佩之意。

《宜山县的民众抗战》，
广西人民出版社 2017 年 9 月出版。

厉害了，我们的广西情歌

——《天籁地声——广西情歌之旅》序言

　　一部题为《广西情歌之旅》的著作，竟然从亚德里亚海一侧，风光天然旖旎、古老传说浪漫的爱琴海出发，从对爱琴海情歌的体验考察开始。让我一时有恍惚之感。爱琴海，因"爱琴"与中文"爱情"谐音，曾经让我怦然心动。然而，在我看来，本书作者宋安群从这里启动他的广西情歌之旅，却并不主要是为了"爱情"而"爱琴"，而是因为这里曾经是八千年前古希腊著名抒情女诗人萨福吟唱情歌的地方。萨福一生写过大量情诗、婚歌、颂神诗歌，尤以情诗影响最广泛最长远。据说，她是人类社会第一位描述个人爱情和失恋的诗人，其诗歌传播整个西方世界。至今萨福还被西方人当作神一样尊崇。现在，作者从这里开始，对广西情歌，尤其是对广西情歌中神一样的传说人物刘三姐的情歌进行考察，实在是一个人类文化学和比较文学的精思妙想。古希腊诗歌和广西情歌，世俗的看法一个很洋气一个很土气，倏然之间在这里被作者接通。我也是对广西情歌做过搜集整理和一些研究的广西人，冷不防读到这样的叙述，不禁为之震撼，为之抽一口冷气，忍不住要向作者宋安群大声点赞：厉害了，我的哥！

不是因为作者厉害了我才叫"我的哥"。本来我就是要称宋安群做哥——我俩是生活在宜州同一条街上的街坊，他长我五六岁，我当然要称他做哥。我上宜山中学（今宜州一中）初中一年级，他刚从那里考上广西师范大学外语系俄语专业；我做插队知识青年，他已经是中学老师继而拔擢到县文工团做作曲、编剧。总之，我只能以兄长景仰他。后来，我们成为河池地区文化局的同事，一起做编辑搞创作。再后来，又成为漓江出版社的同僚，一度紧密合作，领导那家在全国小有影响的文艺出版社。安群兄为人做事都称得上一流人物。他并不曾因为年长于我，出道早于我而以哥自居，或许，正因为此，我愈发自然而然地敬重他。不过，点赞这一声"厉害了，我的哥"，我则实在是出于对他的新著《广西情歌之旅》的由衷赞佩。

《天籁地声——广西情歌之旅》的厉害，不只在于他一开头就用爱琴海的喋喋海波和古希腊萨福曼妙的歌诗撩拨了读者的心弦，倘若就此打住，那也只能是一个不错的噱头。他的厉害之处是对广西情歌的观察方法。他用的是文本细读法，以外国文学和中国民间文学、古典文学，兼及其他文化门类为对象，施行比较、对比和比对，由此而援用了翻译学、语言学、文字学、民族史、外国文学、民间文学、古典文学、比较文学、外国文论、文艺学、音乐等知识，揭示了广西情歌的人类文化学意义和民族融合意义。德国舒里安关于审美的正矢量和负矢量两论，美国苏珊·朗格的隐语观，瑞士荣格关于当代人脑遗传有古代男性崇拜的集体无意识的论述，等等，这些现代学术工具在书中自然游走。而《诗经》的色露、《圣经》的色感和冯梦龙山歌的色情、当代流行歌曲的色爆，好一个"色"字了得！然而，广西情歌是色匿，色而不淫，足见作者独具只眼。最为让我惊讶的是，作者居然能从刘禹锡、柳宗元、李商隐、黄庭坚这些唐宋旅桂四大诗家的若干诗作读出了某些山歌的因素与浸润，得出了"在唐，乐府不合俗，绝句取代之。在桂，七绝不合俗，山歌取代之"的结论，而且顺理成章，不由得读者不服膺。

《天籁地声——广西情歌之旅》的厉害，也还不止于上述种种别出心裁、独具只眼的发现、考据、分析、推论和判断，还在于作者在号称"歌海"的广西，在山歌、情歌书籍大量出版，研究专书已有黄勇刹、潘其旭、覃承勤等人的著述在前，还能做出自己独具特色的赏析。他提出的"情歌三性"，提挈出情歌审美的三个重要方面，即"表演性、竞技性、情色性"，可以说既贴切又大胆，然而论说却具有相当的突破意义。表演性，揭示情歌实为一过性扮角演唱的形态特质，破除俗见的对于非婚恋关系歌手对唱情歌的种种误解和诟病。竞技性，揭示歌手和听众对于对歌的运思技巧表演、观赏的诉求，总结出别人没有总结过的各种竞技形态。情色性，直面他人在公开发表的文字中从来都避绕的话题，探幽发微，揭示广西情歌用"隐实示虚、匿色拐弯"的手法降解情色成分，这既是一种独特高明的艺术手法，恪守了色而不淫的情歌美学原则，也是对广西各民族生命活力的一种弘扬。

《天籁地声——广西情歌之旅》还有厉害处，那就是作者开展一系列的发现、考据、分析、推论和判断的重要基础，乃是他做了大量的田野考察。他把自己收藏的230多碟广西山歌活动DVD作为考察的田野。这些DVD碟都是近十多来年广西民间山歌活动实况视频记录，出自民间人士之手，具有相当的鲜活性、真实性和完整性。其中涉及歌手100多人，其中多位享有歌王称号，很具代表性。作者坚持不引用已经正式公开出版发行的情歌资料，而全部直接选取自己收藏的非正式出版的这些DVD歌例，并对这些歌例做了相应的整理加工，以至于让我这个比较熟悉广西情歌的家乡人，捧读书稿不曾觉得有重复之感。其中最值得称道的是，作者对六场歌场实况的整理加工，并加以详细评述，展示了最能体现广西山歌——情歌特色的风貌和歌手创编山歌的水平。其中《老来才唱老来难》是一首一个人吟唱的长歌，思想内容和艺术水平，都臻达上乘，也许是近年广西山歌的重要发现。

《天籁地声——广西情歌之旅》的种种厉害之处还得益

于作者的文笔。全书内容聚焦广西情歌研究，但并不按理论专著的规范来展开，却也仍然让我们看到了多种学术视角，同时还有大量生动鲜活场景的描写，让读者既领悟到作者的学术创见，又体验到声情并茂的民间歌场情景，还能学习到创编山歌的技术津梁，读者的获得感往往丰富多重。加之全书采用散文化的叙述方式，文笔轻松流畅，收放自如，浩博有如天地，繁密有如丝缕，不经意之间，读者便完成了一次曲径通幽、思接古今的广西情歌之旅。

序言写到这里，关于这部书的内容及其价值，我已经说得不少，再说下去就不免显得饶舌，而且无形中剥夺了读者阅读鉴赏的权利。我只想再说说这部书的作者安群兄。真正厉害的还是作者。前面谈及我与他一起执掌过漓江出版社。漓江出版社的外国文学出版那时候是相当厉害的，他就是这些业务的主要负责人。他与丛书主编刘硕良先生配合，为"获诺贝尔文学奖作家丛书"的出版做出过重要贡献。在外国文学名著出版方面，他的成绩还有很多，有许多都是厉害的事情，譬如被北京读书界评为"20年以来影响中国的100本书"中的《魔鬼词典》（美国）就是他策划、组稿、亲任责任编辑的。不过，当时我也曾觉得安群兄有不够厉害的方面。他有很好的俄语专业，又有很强的汉语言文学写作功夫，不知道为什么他老是去翻译外国情歌情诗，记得他的第一部译著是《俄罗斯情歌——民间情歌和文人情歌》，第二部《爱情的野花》还是俄罗斯情歌，第三部也是，第四部还是。我想第五部该换换口味了吧，可竟然还是关于情爱的，只是题材稍稍扩大，是《欧洲情爱插图》。他还写戏剧，多在广西之外发表、演出，得过许多全国性大奖，剧作自然是具有强烈的民族特色和爱恨情仇。我心里只觉得可惜了他深厚的中外文学的修养。然而，直到此刻，读到他的这部新著，我才恍然大悟，安群兄是把情爱文学特别是情爱诗歌作为自己的研究对象，积数十年之功，翻译、研究、比较、积累，这才成就了眼前这部既好读又耐读的《天籁地声——广西情歌之旅》。厚积薄发，安群兄真正是做到了。这才是真正的厉害哥了！

为此，我要诚挚地祝贺安群兄，同时祝贺广西情歌有了一部在世界文化语境下研究、介绍、鉴赏的普及型专著。厉害了，我们的广西情歌！

《天籁地声——广西情歌之旅》（宋安群著），
漓江出版社 2017 年 12 月出版。

广西山歌研究鉴赏的新动静

——《天歌地唱——广西当代山歌笔记》序言

宋安群先生又有新书出版了！

2017 年 12 月他出版新著《天籁地声——广西情歌之旅》，在 2019 年 9 月获取广西文艺创作最高奖广西壮族自治区人民政府"铜鼓奖"，看上去还正在兴奋劲头上，却接着在 2019 年 10 月立刻捧出一部新书稿《天歌地唱——广西当代山歌笔记》，直让朋友们有旋风之感。当即我就想起为他前一本书作序时蹦出来的一句话："厉害了，我的哥！"尽管近年来人们已经不怎么用"厉害了"这个修辞，可我还是有感而蹦出了这句话。

安群兄邀我再一次为他将出的新书作序。我表示为难。他却锲而不舍。他的理由很简单：你为《天籁地声——广西情歌之旅》作序，大家都说好，那就好事成双，还得请你啦；再说这两部书是姊妹篇，不好再请别人给另一本作序。听上去好像是我必须为这对姊妹篇负责到底了。我当时切切实实地表示了一番为难，最重要也最真实的理由就是肚子里没料了。为前一本作序，我对广西情歌多年积攒下来的一点感觉可以说已经消耗殆尽。他以守为攻，说我把书稿发给你，先看看再说，什么时候写都行。这时我还能说什么呢？好朋友的新书稿，终归是要看看的，看看了终归是要发表感想的。如此这般，这篇序言自然就得写下。

熟稔文章作法的朋友也许不以为然，怀疑我这里在撰文前落入俗套卖了一个小关子——新书稿看看就放不下，于是欣然命笔作序——这是写作者比较常见的欲扬先抑的套路式桥段。不过，诸位的怀疑，这次没有一语中的，倒反，我确实是真的看看就放不下——只是，真不是"欣然命笔"，反过来，而是迟迟不敢动笔了。

读罢全书，我一个总的感觉是，安群兄把广西山歌研究、鉴赏的事闹大了。

他不久前以数十万言的广西情歌研究、鉴赏拿了大奖，紧接着又弄出来广西当代山歌鉴赏、研究数十万言，直让我这个老朋友觉得惊诧——我知道安群兄做事勤奋，可不曾想到如此勤奋！我还知道安群兄在学问上执着，可也不曾想到如此执着！

猛然间，想起了宋代大诗人陆游很让我喜欢的一首诗，即著名的《冬夜读书示子聿》："古人学问无遗力，少壮工夫老始成。纸上得来终觉浅，绝知此事要躬行。"

我要借用陆游这首诗来表达安群兄《天歌地唱——广西

当代山歌笔记》给我留下的印象。

安群兄做广西山歌研究鉴赏的学问，可以称得上是"无遗力"了。

通常人说起广西山歌，很自然只会想到情歌。这实在是电影和戏剧《刘三姐》里的情歌影响至深。我也是持这种笼统看法的。以至于宋安群《天籁地声——广西情歌之旅》出版前，让我作序，我也是如此这般地把对广西民歌的所有赞美都往书中的情歌上面去堆攒。然而，不曾想，作者杀了一个回马枪，以《天歌地唱》为主书名，拿出来他的"广西当代山歌笔记"，我想我和不少人是看傻眼了的。在这部新书里，作者把广西山歌分成六种，而情歌只是其中一种；尽管这是最主要的一种，可毕竟还有其他各种山歌，这一分类，可就照亮了我们对于当代广西山歌认知的视野盲角。安群兄把广西山歌分成敬神祭祀山歌、人生仪礼山歌、谈情说爱山歌、孽贱戏谑山歌、宣教训导山歌、故事长篇山歌等六种，在书中设了六个专章来评赏这六种山歌，而且对每一种山歌作者都有自己独到的见解，特别在孽贱戏谑山歌和故事长篇山歌的研究鉴赏上下了很大气力。

据我所知，将孽贱戏谑山歌辟为独立一类，是作者的独创。作者为此不吝篇幅做了相当精彩的定义和评赏。他指出，孽贱戏谑山歌是从广西情歌中脱颖而出的五彩斑斓的异数，而且不独在广西山歌中，甚至在中国民歌中，世界民歌中，都是独标一格的另类奇葩。它颠覆、悖反一般人熟知的

"客观定义，正面传情"的传统歌谣创编定势，刻意营造虚构的母体，在假设的生活环境和人物关系中，男女为因、戏谑为本，以戏求真、以谑求实。用悖逆、贬谤，以及顺诹、吹颂，甚至狎说作为主要手法，随意颠倒词语在正与反释义上的对峙含义，派定男女对歌者特殊奇异的亲昵，造就独特的诙谐"孽贱"品格。

关于故事长篇山歌，作者认为在长诗已经衰微难见的当代，在广西当代歌海里，仍有故事长篇山歌涌现，足可证明广西山歌文化传统的生命力和继往开来的当代劲道。山歌剧《后悔药》是一部记叙农民工生活的叙事长歌。它由四个歌手出演，故事全部以唱山歌来叙述，没有一句道白对话，追求纪实当下的风格。还有一部山歌剧《打工情缘》，则是一部农民安于农村成家立业的"成功史"，充满阳光和美好想象。山歌剧《送夫打工》则是唱叙农民进城千方百计得到老板的雇佣，挣得的工资不敢用而一心只为留钱寄家，最后唱到老板见他做事比较稳当，让他成为工厂的管理者。这些山歌，及时、真实反映了农民的当下遭际，唱叙自然流畅，充满生活情趣，具有较强的艺术感染力。宋安群在当代广西山歌里，还发现瑶族歌手用汉语编制瑶族历史的长歌，认为弥足值得珍视。如《千家峒史》《瑶族十二姓史》，是同一瑶族女歌手编唱的汉话山歌，有语言、民族、创作、性别多方的研究意义。又如覃大孚、胡惠兰唱的离别歌，内涵丰富，表述到位，艺术水平都相当高。

因由竭力去填补空白，在这部书中，作者对于迄今尚无人顾及论说的孽贱戏谑山歌，介绍和研究下功夫最多。他用自己发明的"六法魔方"——"六说"来概括孽贱戏谑山歌，即：戏说、贬说、谤说、犟说、狎说、浪说。通过"魔方六面"让我们看到孽贱戏谑山歌生动活泼地跳荡、奔腾、穿插、渗透，是如何交集、叠盖、碰撞、逆转，又是如何经经纬纬地交织成一张五光十色的迷人天网，由此去深入探查构成其母体的艺术连接和逻辑链条。

安群兄做广西山歌研究鉴赏的"无遗力"，还体现在他在这部新书中所使用的评点方法。无论"散作评点"还是"串讲评点"，都可圈可点。他很谦虚地在此书"后记"提及，他之所以使用这一方法，得益于聂某我的启示，我多年前为漓江出版社"古典文学评点系列"所写的总序《再倡中国传统评点方法》对于金圣叹的评价，以及我条分缕析的许多可资玩味操作的具体评点做法，是他实践的津梁。我的昔日拙文俱往矣，不提也罢。然而，我所激赏、倡导的中国传统评点方法，确实曾使金圣叹以此对《水浒传》的评析成为彪炳中国文学史的熠熠闪光的高峰，我始终认为，即便在当今，还仍然是研究、鉴赏文学作品的一种不可或缺的利器。宋安群言明就是执此利器，执着于两本书之运思的。

他的获奖书《天籁地声》的副题是"广西情歌之旅"，而这部新书《天歌地唱》的副题是"广西当代山歌笔记"，一个是"旅"，一个是"笔记"，前者是巡旅之意、观察欣赏之意，而后者则是记录之意、评点串说之意。凡称之为笔记的文本，大都要记见闻、辨名物、释典籍、述史实、写情景。后者比之前者，无疑要用更多的气力。在这部新书里，作者打通了笔记和评点的隔膜，使其紧密交织，有机融汇成一体。一方面强化用串说的方法评点山歌，同时又将笔记文字予评点文字以厚实的依托。所形成的形貌是，评点的方法将作品主要部分贯串起来，尽量给读者读到相对完整的山歌原作链条，同时，以笔记的方式展示了与山歌关涉的丰富多彩、涵蕴新颖的文化意趣。显然，正是作者选择了一条"无遗力"攀登的治学之路，让我们方能对广西山歌有了更为真切、深挚的了解和理解。

我们知道作者造诣最深的专业其实是外国文学研究和出版，我曾在他的《天籁地唱——广西情歌之旅》的序言里提到过。这是他年轻时接受的第一项正规修炼，后来更是他在文学出版和研究上的主业。因而，他总是要情不自禁地把广西山歌置于世界文学的背景下来比较和鉴赏，比较自然地使用到外国文论的一些材料和工具。在《天籁地声——广西情歌之旅》中一开始他就把我们带到爱琴海古希腊的情歌，然后让我们深入理解和鉴赏广西情歌的价值。在这部新书里，他如法炮制，努力不放弃自己玩过外国文学、外国文化的强项。他提醒读者，如果能读懂美国安布罗斯·比尔斯的《魔鬼词典》，能领略哥伦比亚加西亚·马尔克斯的《百年孤独》，知道有愚人节和假面舞会这类游艺，那么，大家就应当能够明白广西謦贱戏谑山歌的真谛。在研究鉴赏故事长篇山歌时，他引述《摩诃婆罗多》等东方民族的长篇古歌，从而将对广西山歌的研究、鉴赏提拎到更开阔的比较文学的领域去参照。他为了定义某个概念、论述某个观点，常常到国外词源学、文化学、语言学、历史学等园地吸取研究方法，还引述马克思、尼采、克尔凯郭尔、索绪尔、罗兰·巴特、尤瓦尔·赫拉利、拉伯波特等美、俄、日、德、法、丹麦、以色列等国新老文化大咖的观点来加持，从而别开了我国地方山歌鉴赏、研究的新生面。安群兄的"少壮工夫"没有白白修炼，更没有荒废。由于他的勤奋和执着，身怀"少壮工夫"不断前行，前行在广西山歌这片天地里，从而在过了古稀之年后，不断拿得出盈溢新意且过得硬的文学文化研究的学术成果，真可以称得上是"少壮工夫老始成"了。

看得出来，在从事广西山歌研究鉴赏上，安群兄最引以为自豪甚至有点儿得意的是他所拥有最鲜活的当代山歌素材。他藏有广西当代山歌素材——500多张 DVD 碟片，他称之为保鲜的"山歌田野"。这些素材乃是近二十年来还在民间演唱的活态山歌。关于这一点，我是特别要提请读者诸君留意的。

安群兄给我发来信息，说"谁都没有我这么多当代山歌的藏碟，因而可以说，没有人能够如我这般有条件、有便利地做广西当代活态山歌的观察研究。我做的是只此一家，别无分店的'独门生意'。我研究的当代性、独家性，是用最新鲜、最有特色的素材作保障的。"他还说他绝对不援引沤在书里的旧山歌,用的全部是自己从碟子里记录整理出来的当代山歌,因而本书用"广西当代山歌笔记"做副题,突出彰显了此书的当代性,及其葆有的极其鲜活的当下时代气息。敢于如此宣称而且如此去实践的朋友,我是不能不佩服的了。我既佩服他在学问追求上的"不遗力",更佩服他在学问材料定向搜集上的"不遗力",还佩服他以一己之力在素有"歌海"之称的广西做了一次"不遗力"的山歌采风。

我国自 20 世纪 80 年代起开展过一次很大规模的民歌采风搜集整理集成活动,历时十余年,成就斐然。其时的蒐集,侧重于旧有纸质文本现成资料的扒拣,淡漠直接的口传采访。20 多年过去了,虽然重视非物质文化遗产的呼声很高,但是,民间普通人新的歌吟,特别是以乡间种田、种地人为主体的当代山歌,似乎还是不太成为文学文化研究者关注的学术焦点,以至于令人遗憾地留有一个不应有的空白。事实上,这些歌吟,在民间底层有极其广泛的影响,且其菁华中确实内含有真切的情趣,独特的个性,含蕴着丰富的艺术价值和认识价值,即便摆进中国民间文学史,乃至世界民间文学史,也都会有自己必得的一席地位,不能由于我们的漠视忽略,而让其游离出研究、鉴赏的文化园地。现在,作为文化学者的宋安群以自己的文化自觉和学术追求,不经意间去做了一次深入的采风、观察、推介,让人们从他的著作中、从这些接地气的当代山歌里呼吸到真正来自田野的清新空气，应当引起热爱民歌的许多读者，特别是民间文学研究者们的热情关注与喝彩。

写到这里，我自然要引用到陆游诗的后面两句了："纸上得来终觉浅，绝知此事要躬行。"多少年来，安群兄为了广西当代山歌，躬行于田野村寨，躬行于乡村歌圩，躬行于竹楼土屋，躬行于暗夜青灯……用这两句诗来评价他和他的这部新书，恐怕读者诸君不会觉得是溢美之举吧？

是为序。

《天歌地唱——广西当代山歌笔记》（宋安群著），

漓江出版社 2019 年 9 月出版。

老字号"不老"的秘诀

——《美丽的中国故事——荣宝斋往事漫忆》

　　《美丽的中国故事——荣宝斋往事漫忆》的作者马五一同志曾是著名的中华老字号荣宝斋的掌门人。在这家中华老字号文化企业里，马五一辛勤工作了20多年并执掌全局10余年，做出了突出的贡献，她担任过北京市政协委员，荣获过"全国劳动模范""全国三八红旗手"、中宣部"四个一批人才""中国出版政府奖先进个人奖"等殊荣。退离工作岗位后，五一同志竟然还能写下这样一部大书，令我十分意外和高兴。

　　这部书与此前许多关于荣宝斋的书很不一样，它不再是一般的史话故事，更不是杜撰的传奇之类，而是关于这家从事中国艺术品经营和出版的百年老店，新中国成立70年里如何发展壮大的往事漫忆，真实记载了改革开放40年来，特别是党的十八大以来，这家百年老店如何改革创新、再创辉煌的经历，让我们得以探寻到这个中华老字号"不老"的秘诀。

中华老字号，是数百年中国各地商业、手工业、民间工艺以及服务业竞争中留下的极品。这些老字号几乎都经历过艰苦奋斗的发家史，最终成为行业标志性机构。老字号往往成了品牌质量的同义语。在北京，说到老字号，人们立刻会想起同仁堂、全聚德、瑞蚨祥、鸿宾楼等，荣宝斋也是要被提到的。在上海、广州、天津、杭州等许多城市，无不拥有一批让市民们津津乐道，引以为自豪的老字号。这些闻名遐迩的老字号，是中华悠久历史的一部分，今天还吸引着许多顾客不远千里前来消费。顾客们在这里不只是寻求一种消费，更多的是观赏优秀的传统文化，体验优雅的服务传统。我曾经工作过的中国出版集团，一直因为拥有商务印书馆、中华书局、三联书店、荣宝斋等一批出版文化企业的百年老店而得到国家的重视、同行的尊重和读者的关注。为此，大力投入力量，擦亮老字号品牌，借助传统品牌提升全集团的影响力，曾经是我们集团领导班子的重要战略决策。

不过，人们千万不要以为一家企业只要被称为老字号，就能在行业里独占鳌头，在顾客中享有不可替代的影响力，就能所向披靡，无往而不胜。事实绝不那么简单。实际上，现代经济的发展，反而使得不少老字号举步维艰。据悉，全国各行业共有老字号商家一万多家，到今天仍在经营的也就是千余家，我国现存的 1600 家获得"中华老字号"品牌的企业中，有 20% 长期亏损，面临倒闭、破产，有 70% 经营困难，规模、效益好的只有 10% 左右。无数的事实证明，在市场经济的大潮面前，没有永久的"金字招牌"。

然而，荣宝斋却在改革开放 40 年中持续发展壮大，先后被评为"中国驰名商标""中国十大最具历史文化价值百年品牌""全国文明单位""中华老字号传承创新先进单位""最受消费者欢迎的中华老字号品牌奖""中国出版政府奖先进出版单位奖"以及一批图书获得了国家大奖。新世纪之初，在北京和平门外琉璃厂西街，矗立起一座规模最大，古色古香、雕梁画栋的高大仿古建筑荣宝斋大厦。全国开展文化体制改革以来，荣宝斋坚持老字号特色，积极主动保护文化遗产，荣宝斋木版水印技艺入选首批国家非物质文化遗产项目；主动推动体制改革、机制转换，实施综合发展战略，在提升企业实力和影响力、扩大经营和资产规模、体制改革和精神文明建设等方面都有出色成就。企业账面资产扩大了两倍，销售收入每年以两位数的速度递增，五年内实现国有资产保值增值率达 220%，企业人均收入翻番，昔日老作坊正在探索现代企业管理模式和集团化发展之路。

荣宝斋不仅没有老去，恰恰相反，百年老店正在焕发青春。那么，请问，这家老字号"不老"的秘诀是什么呢？

老字号"不老"，各有秘诀。通读五一同志的这部专著，我们至少探寻到荣宝斋"不老"的几个秘诀。

首先是中华优秀传统文化不曾老去——岂止是不曾老去，而是正在显示十分强大的生命力和影响力。荣宝斋的主业是经营中国传统艺术品和文房四宝，其中主要是木版水印、字画装裱修复、字画鉴定及经营、书画用品，还有书画艺术的出版等，这些正是中华优秀传统文化的重要组成部分。中华优秀传统文化不曾老去，其重要组成部分能够老去吗？当然不会。事实上，随着中华优秀传统文化影响力的提升，这些重要组成部分正在受到艺术界人士和广大艺术爱好者越来越热烈的欢迎，在国际文化交流中也正在受到越来越广泛的关注和欣赏，而荣宝斋正是这些重要组成部分的杰出代表。

同时，荣宝斋的百年古训"诚信为本，荣名为宝"不曾老去——岂止不曾老去，而是已经丰富成为企业经营理念，即"诚信、和谐、传承、创新"。这里经营的文房四宝的质量有口皆碑，这里开出的书画鉴定证书可以通行四方。古今名画经过这里的木版水印技艺制作，已经成为普通书画爱好者喜爱的家庭装饰，古今名画倘要装裱修复，藏家唯有送到这里才能放心。高质量的宣纸一旦挂上荣宝斋的品牌便熠熠生辉，荣宝斋复制的各种笺谱一直是许多文化人心仪的珍品。更不要说，荣宝斋出版社出版的书画杂志《荣宝斋》一直是书画家十分看重的发表园地，荣宝斋出版社的系列图书《荣宝斋珍藏》等一直享有很高的信誉。至于荣宝斋那些国宝级的珍藏，不时总会引来国内外重要人物前来观赏。

再有，荣宝斋"以文会友，书画之家"的文化精神不曾老去——岂止是不曾老去，而是正在显示出矢志不渝的热情和感召力。这部专著中有许多地方让我们读得津津有味。书中记有荣宝斋与我国近现代以来许多文化艺术巨匠和名家密切交往的生动往事。这里曾经得到鲁迅、郭沫若等文化巨匠的爱护。郭沫若曾经数次莅临，乘兴挥毫，意趣无穷。艺术大家黄永玉与荣宝斋情深谊厚，为荣宝斋大厦落成赠送巨型国画，分文不取。齐白石、徐悲鸿、黄宾虹、李可染等艺术大家的艺术创作与这家老店有着许多有意味的联系。荣宝斋曾经为齐白石、李可染等特别喜爱使用的宣纸而精心挑选，精益求精。还有许多艺术名家以入此"书画之家"为快乐之事。与荣宝斋有 70 余年友谊的启功先生，称誉荣宝斋是"书画篆刻作品荟萃之区，诸名家聚首谈艺之所"。这就是荣宝斋一直坚持的文化精神，如今这一精神更是得到更为普遍的传承和发扬。由于荣宝斋大厦展览事业的发展，许多书画家接踵而至，荣宝斋成为北京书画展览最活跃的场馆之一；随着电商经营的发展，荣宝斋更是提升了广泛服务于老中青书画家的能力，许多远在边地的画家也能真切感受到"书画之家"的温暖。

说到荣宝斋与书画名家们的亲密关系，我是有过亲身体验的。2008 年全国开展抗震救灾工作，五一同志带领荣宝斋发动书画家为抗震救灾义捐义拍书画作品，不到一周时间，众多书画名家竞相参与，其中有黄永玉、沈鹏、欧阳中石、范增等，拍卖现场十分热烈，共拍得一千多万元人民币，立即捐往抗震救灾一线。众多书画家的热情参与，既体现了书画家们对灾区人民的一片爱心，也足以看出荣宝斋在他们心中的感召力，他们是把这里当成"书画之家"的。

荣宝斋不曾老去，最重要的还是荣宝斋坚持走上了改革创新的道路，这才有了新世纪以来"日日新，苟日新"的盛大气象。首先是中国出版集团在文化体制改革时期，我们很具魄力地做出了结构调整，把原已并入中国出版美术出版总社而成为集团三级公司的荣宝斋剥离出来，使之成为与人民文学出版社、商务印书馆、中国美术出版总社单位等集团成员单位，在经营管理上给予它更多的发展机会，使之在跨地域经营发展上有了较大作为。在国家"十二五"规划期间，荣宝斋在全国重点城市开展"五年十店"工程以及拍卖"三跨"工程，在香港、天津、呼和浩特、长沙、广州、济南、洛阳、青岛、武汉、宁波、淄博开设了十一家分店，在北京、上海、济南、南京、桂林成立了五家拍卖公司，与此同时，原初成立的荣宝斋出版社在书画艺术出版领域得到持续发展，荣宝斋画院培养专业人才的规划得到切实的实施，荣宝电子商务公司克服重重困难发展成为全国书画及文房四宝经营的重要电商平台，如此等等，百年老店初步形成了集团化发展的格局。之所以能够取得这些改革创新的发展成果，与荣宝斋在体制改革过程中积极推进、稳妥安排有着很重要的关系，通过转企改制，荣宝斋既初步打造成了合格的市场主体，提高了生产力，又没有造成人心动荡和队伍动乱——后面这一点原先是我们集团领导班子比较担心的，可是荣宝斋一直表现得相当稳定。在这部书里，我们可以看到，五一同志作为企业领军人，和她的同事们为此做了周密部署和大量实际工作，顺利完成体制改革的艰巨任务，使得荣宝斋轻装上阵，走上了规模化发展的快车道。

我想，上述种种，都是这家老字号"不老"的一些秘诀吧？也许还有其他一些秘诀，不过，至少这些还是其秘诀的重要内容吧？

改革开放 40 年，我们目睹着荣宝斋一步步创新，一步步发展，一步步走向繁荣，成长为一家颇具规模的文化企业，实感不易。进入新时代后，荣宝斋正在站到新起点上，谋划新作为。改革未有穷期，荣宝斋还要应对急剧变化的市场和激烈的行业竞争，需要继续作出更为艰苦的努力，这是可想而知的。我想，要确保这家老字号永远"不老"，唯有继往开来，继续创新，在以习近平同志为核心的党中央领导下，学习贯彻习近平新时代中国特色社会主义思想和十九大精神，在传承和创新中华优秀传统文化的国家战略中，继续用心维护和创新品牌；继续坚持诚信为本，质量第一的原则；更加热情地以文会友，紧密团结依靠书画名家；继续深化改革，完善体制机制，不断提高经营管理水平，坚持与时俱进，不断创新。舍此恐怕是别无他途的。

受马五一同志的盛情邀约，为《美丽的中国故事——荣宝斋往事漫忆》一书写下以上一些感言。感谢马五一同志！感谢她对荣宝斋的精彩往事做了如此精彩的漫忆。感谢荣宝斋为我们留下了这么多"美丽的中国故事"。衷心祝愿荣宝斋在未来的征途上还会讲出更多更精彩的"美丽的中国故事"。祝愿百年老店的荣宝斋明天会更好！

《美丽的中国故事——荣宝斋往事漫忆》（马五一著），荣宝斋出版社 2019 年 4 月出版。

一个做而得道的出版人

　　为焕起兄的出版文集作序，我是不能推脱的。个中主要原因，不仅在于彼此是出版业内同仁——近20年来我们曾多次在业内研讨会上同台演讲；不仅在于我们曾是中国出版集团的同事——我在担任集团领导期间，他是直接配合我工作的集团出版部主任，后来提任到集团在上海的成员单位东方出版中心做主要领导；也不仅在于我们于同仁和同事之外，还是同好——亦即志趣相投、友好交流的人。回想起在中国出版集团共事的那些日子，工作之余，喜欢跟我闲聊的同事，焕起是其中之一，而且是其中最多的一个。这说明我们志趣相投、脾性相近。我们不臧否人物，只笑谈各种有趣之事，畅谈对出版业内事情的各种看法，领悟人生与事业的各种要义，如此而已。这样的同仁、同事、同好，有大著出版，邀我作序，自然是不能不应承下来的。

　　其实，我之所以应承下来为焕起的大著作序，还有一个最重要的原因，那就是我一直都比较喜欢焕起的文字——一个在大学教授过美学课的学者型编辑，他的文字通常会比较讲究的——这一回我还尤其喜欢这部文集的书名："做而论道"。

"做而论道"乃"坐而论道"一词的变用，而且，此一变意义竟有了改变和升华。"坐而论道"语出《抱朴子》，原指坐着议论政事，后泛指空谈大道理，口头说说，不做实事，是一个含贬义的语词。现在经焕起兄点化，"坐"而成"做"，赋予了从做实事中讨论道理的新意，实在称得上是锦心绣口、典故妙用！我说我一直都比较喜欢焕起的文字，从这个书名，读者诸君大概也能领略其中一些趣味吧。

当然，对一部文集，我们不能只是对着书名叫好，不然岂不成了标题党！标题虽然重要，可倘若标题与内容不相称，好标题反而成了金玉其外或者名不副实的反讽。

不用说，摆在我们面前的这部出版文集，当然是称得上是"做而论道"——从做实事中讨论道理的一部好书。对于这一书名，作者显然也是十分珍视的，以至于在作者自撰的前言中有一番精彩讲述：

教师可以激扬文字，指点江山，坐而论道，纸上谈兵，而出版人不可以，必须知行合一——思想、理念、意识、智慧、学识、技艺，等等，人类一切文明都要做成一部实实在在的出版物奉献读者。出版物的每一个环节都是做出来的，选题策划是做，审读加工是做，装帧设计是做，印刷装订是做，发行推广是做，来不得半点虚浮。注重"做"的出版职业属性，淬炼了本人长于操作和擅于动手的品性。

好一个"做"字了得！再看全书，七个板块：编研相长、应对新媒、装帧七言、北大教案、评书品书、记忆经典、做而论道，无不关涉出版行业的实践和研究，无不与"做"相关。即便是其中"北大教案"和"做而论道"两个部分，前者是作者在北京大学文传学院开设的"编辑与出版实务"课讲稿，其中对图书出版的各个环节都有相当务实的讲述，显示了这位有过丰富出版实践的兼职教授与其他一些专职老师的区别。后者则是讨论出版社的改革和发展的理念和思路，处处显示出一个对出版实务熟稔的出版人的实践经验，处处闪耀着出版经营管理者的智慧光芒，处处感觉得出他做出版社掌门人时的良苦用心。

其实，对于焕起兄《做而论道》中的"做"，我是一点都不怀疑的。一个从业 30 余年的资深出版人，哪一年不是做书做过去的！我更感兴趣的是他的"论道"。我建议读者诸君不妨加倍关注作者的论道。做而论道，既见实务，也见理念，更见境界。诚如作者在前言中所论：

"做而论道，还有某种'形而上'的性质，如同经营管理常说的'务务虚'。这'务虚'是要求人们在实操做事的时候，能够开眼界扩思路，换一种角度看问题，由琐碎而大器，由呆滞而飞扬，由庸平而升华……此中之道便是出版事

业的一种境界了。"收入文集的论稿大都体现了作者"能够
开眼界扩思路，换一种角度看问题，由琐碎而大器，由呆滞
而飞扬，由庸平而升华。"

这就是焕起兄在出版上对于论道的追求。

焕起兄在出版论道上的追求是颇有收获的。书中收入
的《为选题策划插上电子之翼》一文，早在 1999 年初即发
表在《中国出版》杂志上，被《新华文摘》全文转载，可以
说，在我国出版业里讨论出版实务运用数字技术问题，这是
较早的一篇，而且是学理和实务结合得比较好的一篇，我也
是读了这篇文章才开始关注到文章的作者——首都师范大学
出版社总编辑宋焕起的。焕起兄后来获得中华优秀出版物奖
优秀科研论文奖的《装帧设计要有大境界》《攻守之道：重
新定义传统出版的意义》两篇文章，谈数字时代的传统出版
用攻守之道进行策略性讨论，显得很有智慧；谈书籍装帧设
计，用境界学说来讨论，既看得出焕起在书籍装帧艺术上深
有研究，又让我们记忆起这位出版人早年间曾经是一位美学
老师，文中讲书籍装帧设计的大境界，许多美学知识信手拈
来，而且很有见地。请看：

讲究境界是中国文化的传统。古典文论对诗歌、文章、
作品及作家的境界问题有深入的研究和著述，唐代皎然的
"境界说"包含佛理的超凡脱俗，王国维的"境界说"强调
情景交融。如何实现大境界？有几点建议；一是讲求创意与

创新，二是摆脱一种依赖，三是提倡合作精神。

张扬书装的中国精神，除去向中国传统的、民族的、具体的艺术样式借智慧外，还有形而上的、审美的智慧，即文学的、历史的、哲学的，比如"虚实相生"的手法，"形与神"的把握，"计白当黑""不著一字尽得风流""大象无形""大音希声"等关于意境、韵味、品位的追求，都是极具中国魅力的。

在国际化设计趋势下，把中国文化中最具活力、最有价值的东西激活开来、张扬起来，将其融入到设计作品中去，并推向世界，是中国书籍装帧工作者肩负的使命和责任。

这样的文字读来，真可谓论道文理通达，布道文气充沛，传道字字珠玑，尽可以当作一篇美文去欣赏。

我是拜读了焕起兄这部文集的全部文章后才下决心来作这篇序文的。起初，我是有点儿担心，担心这也是一部老出版人个人纪念性文集，纪念性文集的文章收选除了纪念意义和资料价值，往往缺乏新意，缺少实用价值。及至读完《做而论道》的全部文稿，才确认我的担心是多余的。我记得作者还有一些文章并没有收进来，电话询问原因，他告诉我撤了一些文稿，原是出于两个考虑，一是避免内容相近而造成重复感觉，二是不愿意把书做得太厚，免得读者望而生畏。这就是一个厚道的出版人的良苦用心了。由此想到焕起兄与我在中国出版集团共事期间，曾精心打造《中国文库》和

《世界历史文库》，用心设计全集团图书出版生产线，组织实施畅销书推广计划和常销书推送计划的"双推计划"，创意设计举办"读者大会"，坚持重振东方出版中心的出版主业，如此等等，堪称厚道做人、精心做书、用心做事的资深出版人，而且还是一位在出版业中勤于思考和勤于写作的得道之人。为此我忽然想到，焕起兄用他数十年的出版实践和研究做成了一部《做而论道》的好书，同时也可以说他用数十年的辛勤劳作和奉献让自己成为一个做而得道的优秀出版人，值得行业的同仁们给予赞誉和祝贺！

　　是为序。

　　　　　　　《做而论道——我的出版论稿》（宋焕起著），

　　　　　　中国大百科全书出版社 2019 年 12 月出版。

《儒林内史》序言

　　房向东先生做人认真，做出版有如做人。无论是在福建少年儿童出版社做编辑，还是到福建人民出版社做副社长兼副总编辑，抑或做了《开放潮》杂志社的社长兼总编辑，后来出任海峡文艺出版社社长兼总编辑，如今又回去做福建人民出版社社长，据我所知，他都是被业内同好尤其是社里同事认为是一位认真的出版人。认真是什么？在做人上是讲德行，重情义，守信誉，说实话；在做出版上是讲操守，重实务，守规矩，求实效。无论做人还是做书编刊，房向东都当得上"认真"二字。

　　在文学界，房向东也是认真的人——且慢，难道在文学界可以不认真吗？对这个诘难，答案大体上是会心的一笑。君不见多少年前有过"玩文学"的说法吗？后来不是还有过"一不小心写出世界名著来"的戏言吗？文坛中不时听到用"认真"和"太认真"的说法自嘲或者打趣文友，说某人优点是认真，缺点是太认真，如此这般，褒贬之义交织，在褒贬之间游移——然而，作家房向东却是认真的。认真的房向东对写作认真，对人世间道理也认真，而且，最重要的是有正义感。20 多年来，房向东一直在认真地做着自己喜欢的鲁迅研究。他奉献了一批关于鲁迅的论著，如《鲁迅与他"骂"过的人》《鲁迅：最受诬蔑的人》《活的鲁迅》《鲁迅生前身后事》《关于鲁迅的辩护词》《鲁迅与他的论敌》《鲁迅是非》《孤岛过客——鲁迅在厦门的 135 天》《肩住黑暗闸门的牺牲者》《鲁迅与胡适——立人与立宪》《著名作家的胡言乱语》等等。要知道，如此丰厚的著述他可是在做好杂志社社长主编和出版社社长总编辑之余孜孜矻矻做出来的，这样的作家不能不承认够认真。其认真主要表现为勤奋和执着，他一直勤奋和执着于鲁迅研究和写作，还认真地写作发表过许多散文、随笔、评论和儿童文学作品。

其实，房向东的认真远不止于此。有些读者或许读过他的《著名作家的胡言乱语》一书。那是一部关于鲁迅研究的名作，而且称得上是当今文坛并不多见的一部辛辣犀利之书。这书的辛辣之处在于直接点名道姓某位号称"酷评家"的"著名作家"，犀利之处在于针对其被称为"当代批判鲁迅登峰造极之作"的畅销书《少不读鲁迅，老不读胡适》作了近 20 万言的驳斥。也许本人孤陋寡闻，值此世风庸碌、人情圆滑的文坛，如此直接指名道姓的批驳之文殊为少见，像这样用整本书来指名道姓批驳"著名作家"的做法更为罕见。而且，作家房向东并非"君子受辱，乃拍案而起"，他之捍卫鲁迅纯属"路见不平,拔刀相助",可以见到他的侠肝义胆,足见他的较真。这时,我把他的认真提升到"较真"——就是那种不达目的决不罢休的执着态度和行为。知他者谓他较真,不知他者谓他何求。因为对那位"著名作家",文坛人多有侧目,却不敢招惹,但凡想一想那"酷评家"的雅号,便令大都胆小怕事的文人望而生畏。

我之所以要对作家房向东在文坛的较真大加赞叹,不仅是对一位敢讲实话、不怕惹事的作家的致敬,还因为,在出版界内,如房向东一般较真的同行实在难得见到。做人认真,做书编刊认真的同行大有人在,然而在这些同行中,做文章也能如此较真,如此敢于伸张正义,如此敢于得罪名人的,则肯定是凤毛麟角。在我的记忆中,1930年代的杰出出版家邹韬奋先生可真是一位敢于伸张正义、敢于得罪名人的出版家。"九一八"事变后,大学者胡适本着他一贯的折中主义态度,发表了若干主张对日绥靖妥协的言论,韬奋不能容忍,连续撰文批驳,表现了一个爱国者的悲愤和正义感。而事实上,在此之前一年多里,邹胡二人还是声气相投的文坛友人,韬奋曾经在《生活》周刊上撰写胡适访谈记,褒扬胡适的文化理想和学术见解。然而在大是大非面前,韬奋不苟且,断然选择正义,放弃了友谊。

从一定意义来看,韬奋先生选择正义,乃是出自于他的爱国情怀,也是时代使然——那是中华民族生死存亡、人神共愤的时代,任何对侵略者的绥靖妥协态度都是为社会主流舆论所反感，大众的进步刊物《生活》周刊必须发声；而房向东先生选择正义，则是他作为一个具有认真精神的作家的人格表现。不晓得从什么时候起，出版业内似乎有了一个潜规则，为了出版社的利益，编辑出版人大都不敢开罪于作者尤其是"著名作家"，甚至有些老社长总编辑对于本社在专业领域里撰文著书比较有锋芒的编辑，多有惴惴不安之态，生怕坏了出版社的生意。这实在是出版业文气不足，铜臭过浓，资源竞争激烈，自主创新不足的结果。房向东作为一社之长，没有顾忌那么多，一径较真于自己认定的事实和道理，一径把自己做成了网文中的"犀利哥"。不过，好像他主政的出版社生意倒也没有受到什么负面影响，恰恰相反，似乎知名度愈发提升。

就是这位做人做出版写文章都如此这般认真的房向东先生，现在又为我们带来一部颇具幽默写实风格的小说集《儒林内史》。我之所以前面花了那么多笔墨讲评这部小说集的作者，乃是出于在小说评赏上我比较坚持的一个法则，即知人论世之法。小说的虚构性往往需要我们对虚构者的真实意图有所了解和理解。尽管向东一直坚持说他无意于写小说，只承认自己做的是"笔记小说"，可这部书中绝大多数篇章显然采取的都是小说作法，即鲁迅说的那种人物的素材没有专用过一个人，往往嘴在浙江，脸在北京，衣服在山西，是"拼凑起来的"小说。那么，越是这样的小说，越是需要读者对作家的生活态度有相当的发现。就是这样一位认真乃至于较真的作家，连一众作家避之唯恐不及的"著名作家"他都敢于去挑战，那么，他把20年目睹之怪现象，采取小说笔法书写出来，实在又是一次对生活的挑战。尽管我们会为许多作品中当代儒林人士诚实、本色、幽默、怪诞甚至猥琐的故事莞尔，可总也不由得会朝着生活的本质、文化的深处、社会的复杂上去寻求理解，这或许正是这位生活和作文都认真的作家之用心所在。

自然，我前面强调《儒林内史》创作者的生活与文学的态度，并不意味着只是欣赏其作品的认识价值，更不是说作品除作者创作初衷外在文学创作艺术上便无足道。事实上，从文学创作艺术上来看，《儒林内史》多有值得鉴赏之处。我们先拿开头的一篇《"老夫子"》来看。作品写一位老编辑贾集之，四十五六岁时，就"头发已稀疏斑白，背微驼，瘦瘦干干，一如枯柴。他患有风湿病，是在干校留下的纪念。季节更替，最是难挨，不免唉声叹气"，可是他最愿意投入时间和感情给作者写回信，有的文章不足一千字，他给作者的回信却有两千字。"他用毛笔写从右至左的竖排的信，每每缓缓点头。"他常常显出为人的清高。"他对同学或熟人的高升，经常的态度是：哼，没有什么了不起！或者是：中国没有希望了，这样的痞子也能当官？"可是当他的同学当上了副省长，他的优越感陡然而生，"吴副省长是我的同学"，这是他常常挂在嘴边的一句话。他的同学刘再复成了著名学者，刘再复每来一封信，贾集之都会悄悄地拿给某甲看，然后再给某乙看，某丙看，某丁看……在看时，对甲乙丙丁都神秘兮兮地说："我只给你看呀！"以示友好。"贾集之的同事可以不知道他的太太是谁，他的孩子是男的是女的，却绝对不会不知道他是著名学者和作家刘再复的老同学。"因为有了吴副省长和刘再复的无形支撑，"单位的头头，他不放在眼里，哼，小小处长，神气个鸟，我的同学还当了副省长哩！文坛中人，更不放在眼里，仿佛他有了一个全国一流学者的同学，自己也成为一流的学者了。"写到这里，一个可爱而复杂的当代文化人形象已经生成。可是，作者意犹未尽，还要加上意味隽永的一笔：贾集之忽然提前退休，然后到他是台商的亲戚那里帮着人家经商了。贾集之老先生也能下海，这让他的同事不免也蠢蠢欲动。这最后一笔，顿时使得作品的视野开阔许多，内涵丰富起来。

全书20余篇作品，像《"老夫子"》这样细节丰富、情节跌宕而意味隽永的可谓比比皆是。《拉票记》一篇中职称聘任的评委们，面对一个小人物，一个年长却赢弱的编辑的请托求助，个个都信誓旦旦地表示投了他一票，而实际上这位小说中主人公所得票数差了一大半，这是让人何等绝望的冷酷与虚伪！《烟盒》一篇，更是把一个出身卑微却又搞虚荣的小人物刻画得妙趣横生，小说主人公的烟盒里装的总是两种烟，真的好烟和装作好烟的差烟，从而常常看人递烟，一旦说穿自然令人忍俊不禁。不过，在我们对主人公的虚荣表示不屑之余，或许也会觉得儒林中人生活和做人的不易。

想想倘若他生活烟酒无忧，又何至于卑微至此？读《儒林内史》，最让我们感觉到作者笔触的丰致与骨感。丰致是小说的细节，骨感是作品的内涵，正如《文心雕龙》所说的"外文绮交，内义脉注"，使得这些作品的肌理得到生动呈现。

最后，我还要特别建议读者诸君注意欣赏《儒林内史》的叙述。这些年在文学创作中读了许多喜欢绕来绕去的句子，总觉得是锤炼太少，使读者觉得很是腻烦，为此，每要去读小说，我总是比较警觉那文句的锤炼状况，不愿意被作者的随意挥洒所欺，只要遇到太随意的作文，便断然决定不读也罢。现在，猛然读到《儒林内史》的书写，却有舒坦许多的感觉。我要指认，作者在叙述的锤炼上是下了功夫的，可以说篇篇过扎。这使我想起法国作家福楼拜的名言："我喜欢清晰的句子，这种句子站得直直的，连跑的时候都直立着。这几乎不可能做到。"（致路易丝·科莱，1852 年 6 月 13 日）请读者诸君不妨感觉一下，这部《儒林内史》里的句子是不是大都是"清晰的"，是不是"直直的"，是不是"连跑的时候都直立着"？我觉得是的。这也是房向东先生在写作上的一种认真，如此认真的文风，我喜欢。而且希望更多的人喜欢。

是为序。

《儒林内史》（房向东著），
江苏人民出版社 2020 年 5 月出版。

不可磨灭的故乡印记

——《红色印记——江宁革命先贤》序

南京市江宁区是我的故乡。可是，因为少小离家，故乡在我的认知里，主要是一系列的知识和某些印记。通过阅读，我知道江宁是古代江南名镇。江苏省即由江宁和苏州各取首字联袂而成。通过阅读而后又有许多回的故乡游历，江宁的牛首山、汤山温泉、南唐二陵、阳山碑材等风景历史名胜让我震撼，成了在我心中故乡很深的文化印记。此外，景色宜人的蟠龙湖和水乡田园的钱家渡村，还有湖熟古镇、外秦淮河，等等，都是作为江宁人引以为自豪的颇富魅力的文化去处。

于是，作为江宁人，我们谈到江宁故乡，如同人们谈到江南，往往是非古即雅。所谓古，即古迹之古，就有释迦牟尼佛顶骨舍利在牛首山被长期供奉，牛首山因此成为一座佛教名山，这里的弘觉寺塔及摩崖石刻是江苏省省级文物保护单位。所谓雅，即文化之雅，例如汤山温泉，历史上曾经有重要人物在这里演绎过惊心动魄的故事，现如今在人们的讲述中似乎也成了颇为优雅的传说。总之，都是文化的印记。

当然，由于从事出版事业，在新闻出版圈子里，谈到故乡江宁，我还会告诉同行，20世纪30年代中国报业巨子史量才就是江宁人。当年，在我国新闻出版界流传很广的一句名言"国有国格，报有报格，人有人格"，就出自报人史量才。他是上海影响力很大的《申报》的老板。《申报》在他的主持下，成为当时抗日进步力量的重要喉舌。为此，1934年他惨遭国民党特务暗杀。

史量才的事迹当然激动人心，作为晚生同行与同乡，我会时时在心中向他致敬。我以为，史量才应当成为故乡江宁一个重大的文化符号被永久铭记。

然而，史量才依然属于故乡的文化印记。那么，在历史上，我的故乡难道只是江南的一个非古即雅、可供怀古的文化所在吗？

当然不仅如此！

在中国革命的伟大历史进程中，我的故乡江宁的大地上也深深镌刻着不可磨灭的红色印记！

在硝烟弥漫的岁月里，为争取民族独立、人民解放，在江宁大地上曾经涌现出不计其数的革命英雄。从率先觉醒的知识分子到劳苦大众，从革命军队著名将领到地下工作者，从巾帼女杰到少年英雄，在民族存亡命悬一线的时刻，他们挺身而出，力挽狂澜，为革命的胜利做出了卓越贡献；在民族走向伟大复兴的时代，他们放下过往功绩，积极投身现代化建设，谱写了传唱不朽的英雄赞歌。历史将永远铭记他们，人民将永远讴歌他们。

这里曾经诞生过在白色恐怖年代，中国革命陷入低潮时毅然加入了中国共产党的魏今非。魏今非是江宁区周岗镇高阳桥人，1927 年在湖北省蕲春县加入中国共产党，任蕲春县总工会秘书长兼组织部长、县委委员、区委书记兼特支书记，积极从事党的秘密工作。1931 年冬他回到家乡，建立了江宁县第一个地下党支部，成为江宁发动革命第一人。

这里曾经走出过中共江宁县委第一任书记陆纲。为了从事革命活动，躲避国民党特务的通缉搜捕，他不得不舍妻别子，写信给他深爱的妻子："为了实现我的理想，去做自己愿意做的事情，去过自己愿意过的最艰苦、最危险的生活。"令后人读来深受感动，心潮难平。

这里曾经战斗过江宁县抗日民主政府第一任县长夏定才。共产党员夏定才由上海转战江宁，开展抗日民运活动，警备队受尽严刑拷打，残酷折磨，但他始终坚贞不屈，一字不吐，敌人无计可施，最后残忍地将夏定才杀害。

这里曾经活跃过新四军的一个地下情报站，1940 年初夏，新四军在江宁地区打了一场著名的赤山战斗，新四军毙敌 130 余人，除缴获许多枪支弹药外，还缴获了一门九二步兵炮。这场战斗大大鼓舞了江南军民的抗日信心，挫败了骄横跋扈的日军斗志。赤山战斗的胜利来自于情报站卓越的情报工作，而这个情报站的站长就是江宁湖熟镇人陶家齐。他后来成为中国共产党领导的江宁抗日民主政府赤山区区长，不幸惨遭日伪军杀害。

抗日战争中，新四军卓越的领导人之一、中共苏皖区委员会书记和苏南军政委员会书记、中共华中局民运部部长邓仲铭就牺牲在江宁秦淮河高桥渡口。他是1945年5月1日新四军代军长陈毅在中国共产党第七次全国代表大会上作《新四军抗战始末》的发言中列举的华中敌后抗战"光荣殉国者"的重要代表人物，其地位仅次于新四军第4师师长彭雪枫烈士。

江宁拥有如此之多可歌可敬的红色志士、革命英雄，同时还葆有许多红色历史遗迹，横山、周岗、土桥、龙都……战场、纪念地、烈士陵园、重大事件发生地等都与革命斗争历史紧密相连，见证了许多惊心动魄的战斗传奇，铭记着与敌人斗智斗勇浴血奋战的光辉历程。当时的暴敌是何等的疯狂猖獗，烧杀淫掠，无恶不作，我军民是何等的英勇顽强，于水深火热、血雨腥风中愤然抗击，袭敌营，拔据点，反扫荡，除汉奸，在这块文化的大地上，演绎了一出出惊天地泣鬼神的历史活剧。70多年过去，许许多多英雄故事一直在这里流传，引动以"高山仰止，景行行止。虽不能至，然心向往之"的情怀，一代代后人凭吊先贤、缅怀英雄、继承遗志，倍加珍惜今天来之不易的幸福生活，焕发创业创新创优的时代激情。

　　故乡江宁的区党委、区政府高度重视这块红色土地上人民革命历史的研究和整理，在长期开展地方史志编写的基础上，经过精心调查研究、精心搜集整理、精心编写出一批红色先贤的革命故事，在全国人民即将迎来中国共产党成立100周年的重要时刻，汇编成集《红色印记》出版。《红色印记》的出版，既为故乡江宁增添了浓墨重彩的红色印记，也是向建党百年的隆重献礼，实在是一件可喜可贺的大事。为此，我们要向参与此书编辑出版工作的所有人致敬。当然，更要向我的故乡——美丽的江宁、文化的江宁、红色的江宁致以崇高的敬意！

　　是为序。

　　　　　　　　　　　　　　　《红色印记——江宁革命先贤》，
　　　　　　　　　　　　　南京出版社2021年2月出版。

美读美绘，完整阅读

——《美读美绘——小圭璋整体阅读》总序

2021 年全国两会的《政府工作报告》，对全民阅读又一次作出部署。于是，同往年一样，网络上又有一片热议。在热议中，跟以往差不多，总有网友会提到本人，大体是说全国政协第一份关于全民阅读的提案，是我作为第一提案人提出来的。很多年来都是这么议论。我也不知道究竟是不是可以把这份殊荣应承下来。或者说，我也不晓得这个说法是不是准确，是不是来自于有关方面的考据。如果有人考据出还有更早的关于开展全民阅读活动的提案，我是乐见其成的。我是在 2007 年全国政协第十届五次大会上，作为第一提案人起草并提出了关于我国开展全民阅读活动建议的提案。这个提案提出后，引发了当时媒体的关注。当然，也激起了不少疑问。例如有人问为什么要提倡全民读书，为什么不能去做点别的事情；还有人问，古人说读万卷书，行万里路，为什么不提倡大家去游历祖国大好河山；等等。那时是 2007年，在当时的社会语词里，人们对全民阅读还比较陌生。可是到了 2014 年，全国两会的《政府工作报告》首次提出倡导全民阅读，此后连年的《政府工作报告》都在倡导全民阅读，顺理成章地，全民阅读也就成了一个网络热词。尤其是 2020 年在抗击新冠病毒期间召开的全国两会，《政府工作报告》再一次倡导全民阅读，表述为"倡导全民健身和全民阅读，让社会充满活力，向上向善"，很有诗意，很具人文精神，令人印象深刻。

关于阅读，习近平总书记有一段精辟的论述："读书可以让人保持思想活力，让人得到智慧启发，让人滋养浩然之气。"这个表述是对阅读与国民素质和社会文明程度关系的重要概括。2019 年 8 月，习近平总书记在甘肃读者出版集团考察工作时指出："人民群众多读书，我们的民族精神会更加厚重起来，深邃起来。要提倡多读书，建设书香社会。"这一指示把全民阅读与民族精神的培养密切联系起来，是迄今为止对全民阅读意义很高的评价。

十多年来，全民阅读在全社会逐步开展起来。其中最令人欣喜的是，阅读进入了许多家庭，亲子阅读正在成为千家万户的日常生活；而特别值得欣喜的是，阅读在国民教育中得到前所未有的重视。教育部发布的新课程标准明确地提出了整个中小学教育阶段学生课外阅读量要求和推荐书目，而且要求读完整的书，读整本的书。阅读行为受到国民教育的高度重视，意味着我们一代又一代的国民启智蒙养将坚持从阅读开始。

一说到儿童阅读，就想到启智蒙养，这是古往今来的父母长辈的思维习惯。其实，对于儿童阅读，最重要的不是"涨姿势"，而是感兴趣、成习惯。我在拙作《阅读力决定学习力》一书里，特别强调学前儿童的"阅读从好玩开始"。在书里我用了一整章谈论阅读兴趣的问题。阅读兴趣是什么？就是孩子在阅读中产生的好奇心。亚里士多德说"求知是人的天性"。爱因斯坦说"神圣的好奇心"。因为人类有了求知欲、好奇心，才有了阅读，才有了学习，才有了研究，才有了发展。所以要努力保护儿童神圣的好奇心。因为阅读兴趣首先从好奇心开始。

那么，我们必须承认，在低龄儿童的阅读中（包括学龄前儿童和一、二年级学生），绘本是最能引发阅读兴趣的读物。

以北京师范大学教育学部姚颖副教授为代表的高校学者，将视角敏锐地投向绘本，展开了深入持久的绘本阅读和教学研究。姚颖老师自 2010 年带领研究生和全国一线教师团队，从语言文学、艺术学、阅读学、儿童心理学和教育学等多领域研究绘本本体和教学运用，取得了理论和实践方面的丰硕成果。2013—2016 年就陆续出版了《绘本阅读与表达》系列教材，旨在通过绘本阅读，提升幼儿和小学中低年级学生的阅读能力和语言表达能力。实践研究团队以一年一度的全国性绘本教学研讨会、"小圭璋"绘本入校园和教学活动，以及常态化的课程教学研讨等活动为依托，更是在理论引领的基础上，探索出了丰富的绘本课程与教学形态，包括与语文学科紧密联系的绘本导读课、绘本讨论课、绘本写话课、绘本读写课、绘本习作课、绘本活动课，以培养小学生听、说、读、写的能力；以及基于绘本的跨学科整合课程形态，以阅读为核心，将各学科、各领域统整在一起，以促进儿童的全面发展。最近，姚颖老师提出了"绘本"这一概念的中国式表达，即"绘本是一种以儿童的发展为本的、具有四'会'（'绘''会''慧''汇'）特点和功能的、独具特色的课程资源"，具有当代独创性，体现了中国教育研究者的情怀和理想。特别是获悉姚颖老师主持了全国教育科学"十三五"2020 年度国家级课题"基于绘本教学的少数民族地区 5—9 岁儿童汉语语言能力发展研究"，更是将绘本这一看似奢侈的阅读资源，带到亟需给养的少数民族地区、贫困地区，让阅读资源相对匮乏、精神生活相对贫瘠的边、穷地区的孩子受益，也带动当地的师资队伍建设和教师专业发展，可谓善莫大焉。在扎根本土绘本阅读和教学研究的基础上，姚颖老师团队还积极与美、日、法、瑞、英等国的教授学者进行学术交流与合作，带来中国绘本阅读与教学研究的跨文化比较视角，也属难能可贵。我想，这样的学术研究是有价值的、质朴的、富有生命力的。

这次，姚颖老师又举全国优质学术研究和教学团队之力，在十余年实践探索的基础上，编写出版了《美读美绘——小圭璋整体阅读》丛书，贯穿3—12岁儿童的阅读生活，覆盖幼儿园至小学九年一体化阅读，学龄前为面向幼儿教师的阅读指导方案，小学为面向学生的读本，体现了阅读的整体性、可持续性和全面性等特点。整套书突出绘本之"美"、阅读之"美"。同时"美读美绘"，又有"每读每会"之意，体现阅读的阶段性、规律性和实效性的特点。这与姚颖老师提出的"四会一本"，及我所强调的"阅读力决定学习力"的理念相统一。

总而言之，多年来的倡导全民阅读使民众逐步形成了共识。近十多年来，我国绘本的出版出现了井喷式的发展态势。从引进到原创，可谓有声有色。倡导童书阅读，特别是绘本阅读，有赖于优质书籍的创作和出版。同时，要让优质的书籍具有生命，必须被读者阅读起来。这其中的读者，不只是儿童读者，也包括年长一些的孩子甚至成年读者。我最近读到一篇很有意思的文章，文章提到：绘本不只是给孩子阅读的，大人也可以读绘本，主张多大年龄读绘本都不晚。确实，有时我们会看到，五六十岁、七八十岁的老人，还有上班族，在闲暇和休息的时候，也会翻一翻绘本，相信大家也会获得片刻的性情陶冶和智慧启发。去年获奖的一本原创绘本《别让太阳掉下来》，我读来就觉得很有哲理性，人们对自然现象的想象，对光明的热爱，在这部作品里表现得很有意思。所以，大家都来读绘本吧，这不失为一个美好的文学、艺术和文化的阅读。

好多年前，美国的儿童阅读学学者安德鲁先生到山东去做调研，他说中国孩子的阅读落后。为什么呢？因为他发现三年级的孩子还在读绘本，而中年级的孩子需要更多的文字阅读。从语文阅读的角度来看，安德鲁先生的看法是对的，因为中年级小学生需要抓紧发展其文字阅读的能力。可是在发展这些能力的同时，我们也不要排斥他们对绘本的阅读。正如前面所说，任何年级、任何年龄的人，都可以读绘本，绘本适合0—99岁的人阅读。

读绘本还可以使全民阅读活动得到更好地开展。我们提倡读深刻的书、读专业的书，但是在各类书籍中，你会发现，绘本什么时候读都不晚，绘本什么人都需要。绘本以图画为主，图文结合，言简意赅，内涵丰富。从作为一种教育教学资源来说，现在《美读美绘》系列丛书的出版，是能够促使教师、家长和更多的成年人更加有效地阅读和运用绘本的，而且还会大大地提高绘本及其阅读的价值和作用，更好地推动孩子们阅读力和学习力的整体提升，也更有助于推动绘本创作出版事业的进一步发展，无疑也是助力于全民阅读和国民素质提升的大好事。

是为序。

《美读美绘——小圭璋整体阅读》系列，广西师范大学出版社2021年7月出版。

天雨流芳读书去

——《天雨流芳——中国近现代百位
名家诗话人生》序言

  乐美真是第十一届全国政协委员，曾在全国政协港澳台侨局工作。我在担任全国政协委员时有机会与乐委员有过一些交往。中国文史出版社出版了他的新著《天雨流芳——中国近现代百位名家诗话人生》，书中收入他 101 篇读诗札记，其所读诗作出自中国近现代百位名家，可谓横跨百年，洋洋大观，诗意盎然，意趣高远，是一本可读而耐读的好书。

  看到这个书名《天雨流芳》，一般读者可能会觉得这是一个富有诗意而美丽的书名。其实，这书名另有一番意趣。早年我去云南丽江古城，在那里见到过这四个大字，镌刻在木府旁的一座牌坊上。初一见，觉得是一则光昌流丽的古文题匾，可陪同人告诉我们这是纳西族的音译语，意思是"读书去吧"，同行诸友顿时心领神会且大加赞叹。乐美真竟能从这题匾采撷来做自己新书的书名，不仅算得上做文章有左右逢源的潇洒，更看得出他有很好的用心。其很好的用心在于，把赏好诗，讲良史，称之为"天雨流芳"，既有高古意境又有隽永文辞，而且可以涵盖所收文章，加上"天雨流芳"的本意是"读书去吧"，让我们对全书的内涵有了更深一层的认识。

首先要说，我喜欢读诗话。

我喜欢诗话的诗意盎然而又明白晓畅，我喜欢诗话的自如挥洒而且亲切自然。诗话是中国传统文化的一绝，它具有相当鲜明的中国传统诗歌批评和鉴赏特色。中国诗歌批评和鉴赏的特色有两个说法，一是"诗无达诂"，再一个便是"知人论世"。"诗无达诂"意指诗歌没有通达的或一成不变的解释，因时因人而有歧异，故而读者尽可以从多种说法中选取自认为最贴切、最符合原意的那一种说法，体现出中国传统诗歌批评和鉴赏兼顾文本细读和作者原意索引的开放态度。而"知人论世"，则是对作者的尊重更上了一层，成为以作者为中心的一种解诗学，而诗话往往是以"知人论世"为主要内容的解诗文体。诗话评论诗歌、诗人、诗派并记录诗人故实，"诗话者，辨句法，备古今，纪盛德，录异事，正讹误也。"（南宋许顗《彦周诗话》）这一通要求，中间最重要的就是"备古今，纪盛德，录异事"。当然，倘若有人把"知人论世"的诗歌批评和鉴赏做成了高头讲章，那就不能称之为诗话了，而只能敬而远之为诗学论著，诗学论著大都是近代以来的学术成果。传统诗话往往是随感性，通常不以系统、严密的理论分析取胜，而多以简短篇章解诗论诗，发表对作诗的心得和艺术规律问题的感悟和见解。诗话的价值通常就是在这些悟性和见解的阐述中体现出来的。著名美学家朱光潜先生对诗话的评价是："诗话大半是偶感随笔，信手拈来，片言中肯，简练亲切，是其所长。"(《〈诗论〉抗战版序》)古代欧阳修的《六一诗话》、严羽的《沧浪诗话》、袁枚的《随园诗话》都是如此这般风格的经典诗话。

我要承认，我喜欢读乐美真的诗话。

诗话往往因为谈诗论词而显得华美，这是自然而然的因由，然而，也正因为此，诗话又往往容易显得轻浅，名士做派，故作潇洒，美而不真。而乐美真的诗话却是美而且真的。他的美并不在于叙述的华美、潇洒乃至轻浅，恰恰相反，他的美是在于不华美、不潇洒而有真意，如此这般必然使得诗话更具大美。他的诗话内容里，既有一代革命领袖和革命志士的诗作赏析，也有世人较少得知的科学人文名家的诗词吟诵，还有纯粹诗人的力作鉴赏。这些赏析对象之间的历史地位并不在一个层次上，他们的诗作风格、气度、意境和趣味不仅相去甚远，甚至有的是大相径庭。然而，在乐美真的这本书里，大体都得到了真诚平等的对待。客观平等真诚地对待一切美好诗作，这是乐美真诗话最让我喜欢的地方。严羽在《沧浪诗话》中宣示："夫学诗者以识为主，入门须正，立志须高，以汉魏晋盛唐为师，不作开元天宝以下人物。"说的就是作诗以实为主，立志须高，"不作开元天宝以下人物"并不是不写"开元天宝以下人物"，而是不做开元天宝以下那种缠绵悱恻、气度过小的诗人。乐美真的读书札记正是以自家长期修为而成的识见来赏析一切人物，强调继承诗词传统的普遍性，显示出属于历史也属于他个人的洞见。

他赏析毛泽东诗词有史实有境界，同样赏析陈独秀诗词则是有境界有史实，体现出一种实事求是的历史主义态度和文本主义的研究方法。他赏析朱德的咏兰诗细致入微，吟诵陈毅的红色恋情诗丝丝入扣，揭示的均是开国元勋的英雄气概与儿女情长。他赏析陶铸赠曾志的诗和潘汉年赠董慧的诗，从中都能发见革命者的诗情不以处境顺逆而永在，既能因革命气度而感人，也能因爱情真挚而动人。他赏析领袖的诗作崇敬而认真。他赏析徐志摩、戴望舒、舒婷等诗人的诗作也认真而崇敬，前者崇敬的是领袖与佳作，后者崇敬的是佳作与诗人，在他这里一样受到认真的解读。他为各色人等不同历史际遇发出的人生绝唱让人读来感慨不已，而他从各种诗人的不同人生坎坷引发的人生哲思又让人读来感同身受，其兼容并包的赏析态度显示了"以汉魏晋盛唐为师"的不凡气度。

我之所以喜欢读乐美真的诗话札记，不只在于作者的胸怀和气度，也不只在于作者的文学修养与解诗功夫。当然，也不只在于作者洗练的文字和流畅的书写，还有一个重要的原因，而且是当下许多诗话所不具备的，那就是：作者的诗话有着史话的特点；反过来，他又把史话做成了诗话。

史话是中国历史学写作的一大特点。把历史事件用讲故事的形式写成纪实文学作品，这便是史话。史学重历史真实，文学尚故事叙述，兼具二者长处而作成的史话，依据史实又不必拘泥于细节，追求故事性又不陷于杜撰的虚妄，给读者呈现丰富知识的同时还带来巨大的阅读快感。乐美真的诗话几乎都融汇着史话的笔触。赏析历史人物的诗篇他往往注重史实的考据和演绎，使得一些名篇佳作在史实中找到一种诠释，这是"知人论世"最见效果的做法，也是自然而然的解诗路数。在赏析当代人物的诗篇中，他也自然而然地进入对诗人身份和经历的考据，从而增强了我们对赏析诗篇的亲切感。他对舒婷名作《致橡树》写作发表过程的叙述，自然而亲切。他对屠岸的诗作和诗论的讲述，兼带对屠岸的身世、经历的介绍，对诗人写作十四行诗背景的描述，亲切而自然。他为红军西路军将士的诗作撰写的《浴血西征　气壮山河》，分明就是一篇史话，却有诗作催泪。他最后写道："站在红军西路军纪念碑和红军坟面前，站在被炮火轰塌了一半、布满了密集的子弹孔的土墙面前，站在荒凉的戈壁滩和古老长城的断垣残壁面前，我要向河西走廊牺牲的烈士再次默哀、敬礼！你们的诗，字字句句用血肉写的；你们的诗，铸就了一座巍峨的丰碑。我不得不说，这篇文章是我流着眼泪写的……"他专文赏析外交大使诗篇的《持节四方，不辱国命》一文，则是诗史交融。文章从周南的名作《海外寄友》

讲起，充分展示周南等大使们与其外交历程相伴而生的优秀诗篇，及至赏析到前驻美国大使、曾经的外交部长李肇星的诗，充分展现了独立自主的大国外交魅力。外交使节们的诗篇，不仅具有所有优秀诗人追求美好事物的共性，还特别凸显了他们"持节四方，不辱国命"的经历和忠诚，表达他们坚守"为人类谋和平，为祖国交朋友"的使命，全文极具史话的可读性和诗话的艺术性。至于书中一篇《壶艺如诗——读布衣壶宗顾景舟》，作者从壶艺宗师顾景舟仅存的一首诗讲起，全文几乎就是顾景舟先生一生的史话，读来让人饶有兴味，作者用细腻笔触描述顾景舟先生的高雅情操和艺术修养，让我们俨然读到了一则情绪饱满、意味无穷的诗话。

我喜欢乐美真先生诗话的程度，竟然达到读起来便一发而不可收的地步。由此想到，为了百篇诗话的写作，他该读过多少诗札典籍，引起我由衷地感动和钦佩。面对他的百篇诗话，发现他不仅热爱阅读，还是一位读有所得、读有所思、读有所作的爱书者和勤于写作的人。古人说"不动笔墨不读书"，他是真正做到了。遂想到这篇书评的题目也就可以拟为《天雨流芳读书去》，还原本意就是"读书去吧读书去吧"，同义反复，形成催促读书的意趣；同时，这题目还可以看成是一个有意思的修辞——"天雨流芳"是比喻，比喻好诗篇多如天雨，美如大地流芳，而"读书去吧"就成了一种递进式的召唤，形成我们对这部新著及其作者的赞叹。事实上，乐美真就是如此这般面对天雨流芳而勤奋读书的饱读之士呵!

是为序。

《天雨流芳——中国近现代百位名家诗话人生》(乐美真著),

中国文史出版社 2022 年 8 月出版。

历史学随笔：更好读，更可信

——《历史的四季》序言

"读史热"已经成为全民阅读中一个十分普遍的现象。

其实，中国一直都有史学热。梁启超有名言："中国于各种学问中，惟史学为最发达；史学在世界各国中，惟中国最为发达。"

有着史学热传统的中国，一旦开展全民阅读，提倡多读书，建设书香社会，读史热随之而来也是自然而然的事情。

因为读史有大用。唐太宗说："以史为镜，可以知兴替。"章太炎说："夫读史之效，在发扬祖德，巩固国本；不读史，则不知前人创业之艰难，后人守成之不易，爱国之心，何由而起？"毛主席一直特别重视读史，他说："以史为鉴，可免重蹈覆辙。"他还说，看历史就会看到前途。史学因其鉴往知来、资政育人的功能，在中国历朝历代都是主流社会的必修课。

读史的大用还在于能增长智慧。史学是充满活力的智慧之库。读史能拓展人们的思维空间。一个人的精神生活不能囿于狭小的现实空间，广博的阅读乃是自我成长、自我拓展、自我救赎的主要途径。其中，读史能获得与前人神往交谊，可以兴，可以观，可以群，可以怨，乐在其中，成长与拓展也就孕育于其中。好读史并非食古不化，读史可以知古而鉴今，温故而知新，使得人们更加关注社会，关注当下，关注自身，关注他人，关注未来。

虽然全民阅读中的读史热也招致过一些非议，有专家认为其中存在某些哗众取宠的"史学泡沫"，可是总体而言，新世纪以来，不少史学新著勇于摆脱传统经院史学的窠臼，在对史料深刻理解基础上努力提高讲故事的能力，使得史学更加贴近大众，贴近现实，引起热读，当然是有助于优秀传统文化传承创新的。

也许正是读史热的助推，眼看着有越来越多的史学专家把自己的史学新著写得不仅耐看也还好看，受到读者拥戴，令许多人对史学的显耀而心生歆羡；而也许因为许多人对史学的显耀而心生歆羡，我们又眼看着有越来越多出自非史学专家的史学新著不仅好看也还耐看，同样受到读者喜爱，令更多的人热衷于读史乃至写史。

作家冯敏飞就是这样一位非史学专家，却热衷于读史乃至写史的史学新著作者。

冯敏飞先生早些年创作出版的长篇小说《鼠品》《红豆

项链》《兵部尚书轶事》《裁员恐惧》《京城之恋》和散文集《人性·自然·历史》《历史上的 60 年》等，得到过程度不同的好评，《鼠品》《红豆项链》还获得过文学奖。我们从其创作的总体风貌可以发现，他有写作历史题材的偏好，长篇小说《兵部尚书轶事》《京城之恋》就是历史题材，散文集《人性·自然·历史》《历史上的 60 年》中大多数篇章是读史随笔。一切机会都是方向，关键在于一个人是否自觉。一切偏好都会成就一个独特的作家，关键在于他是否执着。冯敏飞觉察到当下读史热的机会，而他又执着于自己历史题材的偏好，于是接踵推出了一系列历史写作新著，计有《历史的季节》《智读中国史》《中国盛世》《家天下是如何倒掉的：中国 12 个王朝的最后 10 年》《危世图存：中国历史上的 15 次中兴》等。特别是《智读中国史》《历史的季节》两书，专谈中国历史上王朝的盛衰，引起众多读者的关注。《智读中国史》一书打破朝代分割，突出盛世（包括治世、中兴）脉络，让读者在尽可能短的时间里，对中国数千年历朝历代之兴衰有清晰的脉络印象。书中还特别附有作者精心制作的一米多长的《中国历史兴衰一览图》，将千古历史王朝兴衰绘于一图，方便读者对中国历史形成全局性认识。《历史的季节》一书聚焦中国 14 个百年王朝，对其建国 70 年前后这一历史节点作切片式分析，别开生面地图解王朝兴盛衰亡的历史轨迹。作者通过统计分析中国历史上的王朝样本，证实 70 年是王朝的"天花板"，但也可能是"喇叭口"，大部分王朝过不了这道"天花板"，只有少部分王朝通过"喇叭口"从而延续较长时间。由此该书得出一个结论，即：转身和改革是中国历史永恒的话题，而且历久弥新。

应当说，作家冯敏飞的读史与写史在一定程度上是有其独到之处的。人们习惯称"读史使人明智"，可他并不就此打住，而是在此基础上提出了"读史使人明势"，说明他力图在读史的过程中看清天下大势和历史走势。怀着这样的抱负和追求，他在《历史的季节》一书的基础上扩展而成一部规模更为宏大的四卷本《历史的四季》。他尝试在中华民族2000多年的历史典籍中，寻找到众多王朝创世、盛世、危势与末世那些极为关键的部分，把其中可资明智和明势而且有趣的内容归纳为对应的春夏秋冬四个季节，以现代的视角、史家的态度、独到的思索和文学的表述编写给读者，帮助读者用较少的时间集中阅读到他们所感兴趣的历史内容。

冯敏飞这样的历史写作采取的就是一种跳读方法。阅读界对跳读法一直都是有所推崇的，认为读者在选择一个视角后，以自选的某种规律跳跃而读，省略掉与视角无关的部分内容，可以达到阅读效果最大化。冯敏飞说，因为确定了"历史的四季"这样一个视角，他采取了跳读法，才可能在二十五史、《资治通鉴》和《续资治通鉴》等基础典籍中跳跃而读，还着重参考吕思勉的《中国通史》、李学勤和郭志坤的《细讲中国丛书》、卜宪群的《中国通史》、柏杨的《中国人史纲》和姚大中的《姚著中国史》等专著，还参考了日本讲谈社的《中国的历史》和《剑桥中国史》《哈佛中国史》及《统治史》等关于中国史的各种域外著作。日本学者齐藤英治就十分主张跳读，他认为，通过大约 20% 的节点，即可获取 80% 的高质量的信息，跳读就是努力寻求那 20% 的关键信息。日本另一位学者印南敦史所著的《快速阅读术》也持相似的看法。我在拙著《阅读力决定学习力》对印南敦史《快速阅读术》中的跳读法也做过专门介绍。

如此说来，是不是可以认为冯敏飞的历史写作缺少创新价值呢？其实不然。史学中的专题写作本身就需要有创新的视角和构思。被誉为"创新理论"鼻祖的熊彼特认为，所谓创新，就是"当我们把所能支配的原材料和力量结合起来，生产其他的东西，或者用不同的方法生产相同的东西"，即实现了生产手段的新组合，产生了"具有发展特点的现象"，也就是"企业家把一种从来没有过的生产要素和生产条件实行新的组合从而建立一种新的生产函数"。冯敏飞的历史写作不正是在众多历史典籍中"把所能支配的原材料和力量结合起来，生产其他的东西，或者用不同的方法生产相同的东西"吗？在熊彼特看来，这当然也是一种创新。

我们要承认，说到底冯敏飞就是一位作家，作家写史，跟历史学家比的不是学术性，不是考据，甚至也不是辞章，更多的是在历史学家研究基础上的文学讲述，义理阐释，甚至是可读性的重塑。冯敏飞给自己历史书写的定位是读史的"随笔"。随笔属于文学门类，是一种讲究考据、辞章、义理和讲述的文学写作，并非历史通俗演义小说那样可以随意虚构甚至戏说。他说，自己在写作中，在许多历史事件的描写时，很想像写小说那样放开笔墨演绎一些场景与细节，但最终他没有这样做。他克制住了一个小说家的专长和冲动，而是尽可能用历史典籍中那些精彩的原文（哪怕几个字），此外还花费大量时间精力像学者那样做了引文注释。他说他给自己设定的写作目标是，努力做到比学术著作更好读，比通俗读物更可信，让人们用尽可能少的时间读到尽可能集中的史实，而且要让人读来妙趣横生却又发人深省。我相信他是这么想的，也正是这么做的。

我和冯敏飞同是文学圈中人，是文友。当年我读冯敏飞的长篇小说《鼠品》曾有惊艳之感，以为他会继续把小说写得如此这般的超凡脱俗，没料到，他竟然华丽转身，潜心于历史写作且大作迭出，给了文友们十分的惊奇。近些年我在阅读研究与推广方面写了一些东西，冯敏飞表示过认同和兴趣，希望我对他的历史写作和着力提倡的读史方法给予关注，并邀约我为他的新著《历史的四季》作序。盛情难却，拉拉杂杂写下上面一些感想，就教于冯敏飞先生和各位专家、读者。

是为序。

《历史的四季》（冯敏飞著），
新世界出版社 2024 年 4 月出版。

《书香中国万里行巅峰对话——红沙发高端访谈录》序

　　"红沙发",这是一道多么亮丽吸睛的风景,这是我国全民阅读中一道亮丽吸睛的风景,是中国全民阅读媒体联盟做出的一份卓越贡献。

　　我国全民阅读中有着许多卓具创意的活动,"红沙发高端访谈"即是其中一个,而且是其中一个很是引人关注、引得许多读者簇拥而至的活动。创办这项活动的是中国全民阅读媒体联盟,发表"红沙发高端访谈"的媒体也就是中国全民阅读媒体联盟理事长及秘书长单位——中国新闻出版广电报。自从2015年1月16日第一篇访谈发表以来,中国新闻出版广电报一发而不可收,到2018年11月,集腋成裘,聚沙成塔,竟然成就了一部经过精选收入55篇访谈录的图书:《书香中国万里行巅峰对话——红沙发高端访谈录》。

　　对于我国普通读者,也许"红沙发"只是一个很吉祥很民族的意象设计,可是对于书业界的朋友,不少人也许就会联想到著名的法兰克福书展，这个有"国际书业奥林匹克运动会"之称的书展有一个传统活动，叫作"蓝沙发对话"。这个活动主要是邀请一些有影响力的作家和出版人坐到在中心场馆的一张蓝沙发上，在聚光灯下，与读者面对面交流。不用说，"蓝沙发对话"，对于受邀请者，是一份荣誉——不是谁想坐到蓝沙发上都可以的；而对于读者，则是一次与作家零距离交流的好机会——坐在蓝沙发上的作家更不是谁想见就能见到的。那么，自从 2015 年开年之初北京春季图书订货会的"红沙发"闪亮登场，中国书业也开始有了自己的"沙发"——"红沙发"。此后，每每出版业举办重要展会，特别是全国图书交易博览会、北京国际图书博览会、北京春季图书订货会以及南国书香节、上海书展、江苏书展等，"红沙发"总要出现，总要引起围观。此外，在中国全民阅读媒体联盟的"书香中国万里行"活动中，"红沙发"还要在开展活动的城市甚至县城出现。"红沙发"不仅有着浓浓的中国风格、中国气派，而且，坐在"红沙发"上的嘉宾，不仅要讨论出版，更要畅谈全民阅读。而且，从四年多的情形来看，似乎大家更为关注后者，"红沙发高端访谈"已经成为我国全民阅读中一个卓具标志性和影响力的活动。

我要特别提醒各位读者的是，"红沙发"虽然很吉祥很民族，意象很是亮丽吸睛，可是，最让广大读者趣味浓浓、心向往之的主要还是"高端访谈"，还是那些访谈的内容，这也是目下这部书最为值得大家认真去读的理由。

　　一旦提到高端访谈，可能有人就想当然以为这些访谈的嘉宾非部长即局长，内容不是国家战略就是高头讲章。其实事情未必如此简单。全书55篇访谈文章，访谈嘉宾就有100多位，其中所谓官员者不过10人而已，而且还都是具有颇高专业水平的各级领导人。真正构成嘉宾主体的却是作家、学者、专家和出版人。请看：张炜、何建明、周大新、迟子建、刘慈欣、曹文轩、余秋雨、阎真、张石山、金波、汤素兰、安意如、伍美珍、蔡志忠等数十位作家何等声名显赫！再看各方面学者专家朱永新、阎崇年、孙华、赵法生、贺绍俊、王立群、孙云晓、孟宪实、刘运峰、陈晖、郝振省、王娟、敬一丹、王志、张海峰等，足以称得上蔚为大观！阅读与出版最具有直接的因果关系，因而嘉宾中有许多活跃在北京的出版人潘凯雄、苏雨恒、李学谦、蒋艳萍、赵易山、张雅山、宁肯、刘冰等，更多活跃在各省市的出版人哈九如、迟云、施俊宏、冯杰、于慧峰、沈海涛、闻宗禹、王刘纯、钟红明、朱艳玲、陈学、刘亚、孙立等，还有民营书业新锐张泉、刘强、石恢、赵健、阎丽、李建峰、刘磊、胡泊等，每一位都让我们感到志存高远、英气逼人。访谈活动并没有就此打住，而是进一步延伸到图书馆和大中小学的校园，延伸到那些最为基层的"书香之家"。如此这般，林林总总，集合而成一个色彩斑斓的嘉宾方阵，荟萃而成这部书香浓郁的《书香中国万里行巅峰对话——红沙发高端访谈录》。

我称《书香中国万里行巅峰对话——红沙发高端访谈录》书香浓郁，绝非矫饰之言。对于许多读者，当你们看到那些如雷贯耳的作家、学者、专家和出版人的名字，难道不想去接近这些颇具神秘感的名人吗？没有冲动好奇心去听或者阅读他们的夫子之道吗？作家谈书，往往最能帮助读者理解他作品的用意和种种关节。学者专家谈书，通常会把他学问中要害处指点出来。出版人谈书，更会把他们服务读者的良苦用心一一诉说。再有，图书馆馆长们总是要苦口婆心地劝导读者多来阅读，校园阅读中的校长们已经意识到学生的阅读力决定学习力，在"书香之家"谈读书，一定会充溢浓浓的书香。而书中的各级领导人畅谈全民阅读，总能眼观大局，下接地气，往往让人们精神振奋，从而对建设书香社会信心倍增。

作为第十、十一、十二届全国政协委员，作为一个写作者和出版人，十多年来我一直在为倡导全民阅读尽绵薄之力，曾经得到人民日报、光明日报和中国新闻出版广电报等重要媒体的关注和支持，可是，当读到《书香中国万里行巅峰对话——红沙发高端访谈录》一书的清样时，我还是不由得感慨良多。中国全民阅读媒体联盟于 2013 年 4 月在武汉成立，由人民日报、光明日报、中国新闻出版广电报、搜狐网、腾讯网等全国 78 家媒体共同倡建，发表宣言：为了"聚合媒体力量，倡导全民阅读，打造书香中国，建设和谐社会"，中国全民阅读媒体联盟"将共同致力于推介优质阅读内容以引导阅读风向。以负责任的态度，把真正有文化内涵和精神价值的图书介绍给民众。共同致力于全民阅读状况的课题调研和研讨交流。共同致力于建立联盟成员之间的资源共享与业务协作机制。天下读书人是一家人，联盟将建成情感交融、信息互通、资源共享的媒体共同体，以密切协作、相互支持的实际行动形成协同优势，让'悦读'的声音越来越响亮"。当时媒体同仁们就有了一句很有诗意的口号："书海茫茫，媒体导航！"给我留下很深印象。2013年11月22日，中国全民阅读媒体联盟第一次代表大会在京召开，共有200家媒体参与其事。在会上，柳斌杰同志被聘为中国全民阅读媒体联盟名誉理事长，我荣幸地被聘为联盟的顾问。自那以后，全国共有200多家报纸、广播、电视、新媒体开辟了读书版、读书栏目（节目），为营造"多读书、读好书、善读书"的浓厚舆论氛围做出很大贡献。凡此种种，完全出于一批优秀的媒体人的责任感、使命感，出于他们的文化自觉。我从来不大相信媒体的客观性。一个媒体，与其说是在客观报道事实，不如说是科学地报道事实。所谓科学，指的是正确和公正，而这一切正是出于媒体自身的价值取向和认识能力。现在，我们有那么多媒体自觉主动地为全民阅读鼓与呼，在茫茫书海中为读者导航，推进学习型社会建设，正好表明这些优秀媒体人不仅在客观报道全民阅读，而且在自觉主动地深度参与全民阅读。试想，倘若没有如此之多优秀媒体人的辛勤劳作，如此之多而又如此有影响力且与全民阅读密切相关的知名人士，又怎么可能为广大读者奉献出如此优质的内容，又怎么可能为广大读者奉献《书香中国万里行巅峰对话——红沙发高端访谈录》这部内容丰富的好书？为此，当中国全民阅读媒体联盟通过访谈报道向许多全民阅读知名人士致敬的时候，我们也要向中国全民阅读媒体联盟的优秀媒体人致敬！

是为序。

《书香中国万里行巅峰对话——红沙发高端访谈录》

（李忠主编），

研究出版社 2019 年 11 月出版。

要知书达理，更要知书达礼

——《传统礼仪歌谣》序言

我要郑重而热情地推荐杜建文先生新撰的《传统礼仪歌谣》。

在推广全民阅读时，我经常用"知书达理"和"知书达礼"两个成语来说明读书对于个人修养的重要性。我们知道，《现代汉语词典》（第5版）将"知书达理"和"知书达礼"解释为两个成语意思一样。可是，我更想强调"知书达礼"的境界更高。按照人们通常的理解，知书达理指的是读书有知识、守规矩、讲道理，可是，一个人在生活中过于强调讲道理，是不是有时候会有悖人情世故呢？譬如，你跟一位糊涂老者、无知小孩的无知之失一定要讲个对错，是不是有违人情？你跟一位路人的无心之失过于计较乃至闹到派出所去，尽管自己全在理上，是不是让人觉得还是太过于计较呢？倘若你一个知书之人不仅"达理"更能"达礼"，得理也饶人，谦让于过错之人，我们社会的国民素质和社会文明程度岂不是能得到更大提升？

一百多年前，蔡元培先生在就任北京大学校长时发表的演讲，对大学生们提出三条要求，第一条要求是"抱定宗旨"，告诉学生："诸君来此求学……必先知大学之性质。大学者，研究高深学问者也。"紧接着他提出的第二条要求就是"砥砺德行"，指出："诸君为大学学生，地位甚高，肩此重任，责无旁贷，故诸君不惟思所以感己，更必有以励人。苟德之不修，学之不讲，同乎流俗，合乎污世，己且为人轻侮，更何足以感人。"蔡校长提出的第三条要求是"敬爱师友"。他说："余在德国，每至店肆购买物品，店主殷勤款待，付价接物，互相称谢，此虽小节，然亦交际所必需，常人如此，况堂堂大学生乎？对于师友之敬爱，此余所希望于诸君者三也。"

蔡校长对大学生们提出的三条要求，其中两条就关系到学生们的德行修养和行为举止，他不仅要求学生们做到知书达理——研究高深学问，更要做到知书达礼——砥砺德行，敬爱师友，可见知书达礼之重要。

说到知书达礼，想起《论语》里孔子的一段话，即"质胜文则野，文胜质则史，文质彬彬，然后君子"，后人将此演变为成语"文质彬彬"。在孔子看来，人如果只有朴实的内在品德，而没有经过礼仪的认识，其言行很难不失于粗俗、鄙陋；可如果只是依赖于外在礼仪的修饰和装点，内心并无向善的动机，那就会失之虚浮。只有内外合一，内心之仁、义、知、勇与外在恰当的礼仪相协调，才能称得上是君子。"文质彬彬，然后君子"的说法也就是《郭店楚墓竹简》中所记载的："仁，内也；礼，外也。礼乐，共也。"

孔子说"文质彬彬，然后君子"，我们也可以说"知书达礼，然后君子"。

建文兄为着弘扬中华文明传统的优秀文化，倡导当代应有的公序良俗，提高公民，特别是年轻一代的思想、道德、行为素质水平，新创作的《传统礼仪歌谣》，正是直接宣讲什么是当今应该具备的健康、得体、规范的行为、举止，如何在社会生活和日常生活之中，时时处处注意培养自己的良好习惯，做一个具有当代文明观念、举止文雅、符合时代和社会需要的新人，也就是我们在全民阅读中所提倡的，不仅要"知书达理"，更要"知书达礼"。我们要为年轻一代提供充分的礼仪教育，提升他们对于礼仪行为的感性能力，养成他们讲求礼仪美感的日常生活习惯，引导他们优雅生活的价值取向，定位高品位的精神生活追求，成为一个知书达礼的君子。

要求年轻一代知书达礼，优雅地生活，有高品位的举止习惯，说起来道理浅显易懂，可是要切实做到并不简单，一个人的行为举止不仅需要做好点滴教范，还需要长期养成。《传统礼仪歌谣》一书努力帮助读者清晰明了地掌握中华民族源远流长的礼仪知识，仔细了解当今人们日常生活的言行举止中需要注意的细节，从人与人之间相处最基本的理念、礼貌、举止入手，教育、训诫、引导人们守住做人处事的细节，注意文明的修养，提高人格的修炼。全书分为十三章，除序歌和尾声，有家庭礼、校园礼、处世礼、餐桌礼、出门礼、拜访礼、待人礼、旅游礼、年节礼、词语礼、称谓礼等，凡家庭教育、学校表现、待人接物、遵纪守法、用餐举止、出门面世、拜访须知、对待公物、文明旅游、年节仪礼、得体词语、得当称谓等，几乎涵盖一个人学习、成长、工作、生活的方方面面，作者仔细梳理，娓娓道来，事无巨细，循循善诱，语言生动活泼，文句朴实有趣，最是内容相当接地气，具有令人信服的魅力。

《传统礼仪歌谣》全书统一用七言诗句，无论是带有七言古诗风格，还是追求民歌特色，叙述浅显易懂、上口易记，读来如行云流水，十分流畅。尤其是书中有许多金言妙句，如"爹恩娘恩老师恩，都是迷津摆渡人"，普适而深刻；"坐席不要伸懒腰，不打呵欠头不摇，不要横坐别抬腿，别抠鼻屎别搓脚"，看似絮叨却至为重要；"不会烧香得罪神，不会说话得罪人"，简明而警醒；"你唱礼，我唱礼，礼仪不是天生的"，道出良好的礼仪举止乃是后天习得的道理。诗句既采撷自传统俗语，更多是诗人精心创制，读来让人既觉得其中有深厚的古典诗词修养，更觉得洋溢着民间歌谣的生活气息，只觉得作品本身就是知书达礼的一个生动典范。

我与作者建文兄知交近五十年。记得20世纪70年代，他的一首气势宏大的长诗《韦江歌》在广西文艺大篇幅选载发表，曾震撼广西文坛，尤其是极大震撼我这个文坛学步者。当时的我，一心想着努力找机会近前受教于著名诗人杜建文，对他的各种诗作我都要仔细研读，引以为示范。而后，作为优秀作家、诗人，建文兄调入广西人民出版社担任编辑，更是让我等基层作者咋舌羡慕。不过，建文兄并不曾因为人们的咋舌羡慕而趾高气昂，更不曾因我等基层作者在写作发表上有所求而避之唯恐不及，恰恰相反，他一径是那么朴实无华，一径是彼此平等交流，就这样，渐渐我们成了挚友。在数十年交谊中，他喜欢谈今论古，讲故事滔滔不绝，特别是评时事他独具只眼，朋友们在一起，一致认为，跟老杜聊天就是过瘾。当然，我们的交谊并不止于此，早年间，朋友倘有聚餐，只能到彼此家里进行，不管住所多么逼仄，宾朋相聚总也其乐融融。那时，我从河池到南宁出差，曾多次邀二三文友到过建文兄在南宁市河堤路逼仄的家里小聚，拜见过他慈祥可敬的老母亲和端庄朴实的妻子，也见到他一对漂亮聪明的女儿，真切感受过他对老母亲的孝顺——那真是至顺至孝的孝子之情，目睹过他与妻子幽默快乐的交流——那真是相濡以沫的夫妻之情，欣赏过他与爱女们的俏皮玩笑——那中间蕴含着亲切的舐犊之爱，这一切，都是在不经意间发生，不经意间表达，却给我这个外来人留下深刻印象。后来，我们成为广西新闻出版系统的同事，在工作上彼此理解、互相支持。在同事中，只要不存偏见的人都会承认，老杜做人正派，做事公正，淡泊名利，刚直不阿。后来我奉调进京，离开广西出版系统，只能在电话里、微信里跟老杜保持联系，我们同在"桂版友"微信群里，我觉得老杜做人说话品行始终如一。不过，恕我直言，这么多年来，老杜也让我感到遗憾——这位当年在广西享有名气的诗人，自进入出版社后，他竟然极少写作，更少发表，直让我这个早年忠实的读者感到不解。

然而，不曾想，建文兄现在竟能奉献出一部内容如此丰富，诗句如此流畅，表达如此活泼的歌谣体的长篇读本，实在是意外之喜呵！我不晓得建文兄是出于什么缘故写了这样一部书，不过，读了全书，我以为，只有像建文兄这样的生活态度、工作风格和为人处事的修养，才当得起这个题材和主题的写作，也只有建文兄早年间气韵充盈、诗歌比兴娴熟的功底，才可能如此自如地用趣味盎然、明白晓畅的歌谣把中华民族源远流长的礼仪知识和当今人们日常生活的行为举止一一道来。为此，我要郑重而热情地推荐这部书，更要向建文兄表示真诚而热烈的祝贺！

是为序。

《传统礼仪歌谣》（杜建文著），

广西科技出版社 2023 年 11 月出版。

当代寓言创作的一朵奇葩

——《万事如镜》序言

沈水荣是一介文人。念中学时他是文学爱好者。从军后在部队他一直没有放下手中的笔。从部队高级指挥员岗位转到人民出版社做社领导，在编辑出版上他多有建树。

沈水荣是一名军人。他有军人的干练，他有军人的锐敏，他有军人的说一不二。在韬奋基金会，作为同事，我更多感觉着他是我身边忠诚的战友。

这样一位文人＋军人，应该有文思泉涌的功底，应该有气吞山河的写作，假以时日，应该有大书问世——作为同事，我在悄悄地等候与守盼。

终于，等来了沈水荣有新书出版。然而，等来的并不是一本大书——所谓不大，先是书的容量不大，全书只有250多页，更在于作品本身不大，全是短小文章，共收作品124篇，编成十三辑。小书不免使得我有些微遗憾。可是，老沈请我作序，作为同事，容不得推辞，作为战友，我必须认真做好。

待读完全书，我不禁大吃一惊，这虽然是一本小书，可这本小书竟然是内涵丰富的现代寓言集。当代人撰写寓言——不是那种写给小朋友做启蒙用的阿狗阿猫类寓言，摆明了是给全社会所有读者写下的寓言，作者自序中明确表示这些作品"包括了人生人性、社会公平正义、处世智慧等方面"思想内容，这也太奇葩了！我愿意用"当代寓言创作的一朵奇葩"来评价这本"小书"。

人类历史上的寓言创作开始得很早。我国先秦时期的寓言同古印度时期寓言和古希腊时期寓言成鼎足之势，是世界文化史上相当辉煌的一叶。我国先秦时期的寓言乃至绵延不绝的历代寓言至今仍深刻影响着中华民族的方方面面，尤其是寓言中许多故事已被演变成成语而在日常生活中广为流行，堪称中华民族优秀传统文化的重要组成部分。

我国现代寓言创作曾经十分引人注目。著名作家、编辑家、教育家叶圣陶是 20 世纪 20 年代我国第一位写作现代寓言的作者。他的寓言代表作《古代英雄的石像》讲述了一块石头被雕刻成英雄形象后的心理变化。一座古代英雄的石像因为自己有"特殊的地位"而大摆其"骄傲的架子"，他甚至狂妄地宣称："如果你们想跟我平等，就先得叫地跟天平等。"可是当他遭到小石块的还击，听到全体石块要把他扔下去时，他吓坏了，"暂时忘了自己的尊严"，"用哀求的口气"请求原谅，暴露了石像外强中干、色厉内荏的性格特征。这个简单易读的故事背后的寓意是嘲笑专家的傲慢自大与人们的麻木。

我国现代寓言创作一直佳作不断，有冯雪峰的《水獭和鱼》《战牛和敌国》，何公超的《想走遍全世界的驴子》，张天翼的《一条好蛇》《自己的回声》，方轶群的《忘记了自己的猴子》，金近的《田鼠种白薯》，严文井的《习惯》，陈模的《竹笋和石头》，龙世辉的《女娲和苍蝇》《老猩猩和她的两个儿子》。

可是，不知道从什么时候开始，寓言写作渐渐变成了儿童文学的一部分，成为孩子们的读物，弄得现今许多寓言创作太过于儿童化，作者似乎总要矮下身子装出儿童腔来编写寓言，因而也使得不少人误以为寓言创作只属于儿童文学，新近创作出版的寓言作品只能到儿童读物的书架上去寻找，成人读者渐渐远离寓言阅读。

其实，古代社会的寓言创作并不主要是为儿童启蒙所作。先秦时期的寓言很多是当时的诸子百家开馆科徒的讲学要义，是士人学者游说诸侯王公时献上的治国理政之策。可想而知，其价值作用一点都不小。先秦寓言许多是在进行道德教训，在揭示启示哲理，尤其是针砭时弊、讽刺社会。如"触蛮之争"（《庄子》）是讽刺诸侯王公贪婪残暴、穷兵黩武；"三虱争肥"（《韩非子》），是讽刺诸侯王公尽管钩心斗角，却都有着吸吮百姓鲜血的本性；"齐人乞墦"（《孟子》）是对那些热衷于富贵利禄之人的讽刺与嘲笑；"设为不宦"（《战国策》）则揭露了田骈之流标榜清高、言行不一的伪君子可笑面目。直到现在人们都还很熟悉的"扁鹊治病""画蛇添足""守株待兔""郑人买履""杞人忧天""滥竽充数""刻舟求剑""掩耳盗铃"等寓言，它们的寓意都是鲜明而深刻的。这些寓言，在道德教育中是长者恒言，在启智增慧中是智者明言，在社会生活中是世情警言，谁又能说这些作品只是用于启蒙教育的儿童文学呢？

这就是我之所以要向读者认真推介沈水荣的这部寓言新书的理由。

作者在自序中坦诚："本书中收入的每一个故事，都是针对日常生活中看到的、听到的、遇到的事情，触景生情、有感而发写成的，也都是我头脑中闪过的一星点思想火花——中西方之间、传统与现实之间思想文化观念激烈碰撞而迸发的火花。故事渗透了我对中华文化基因的深情认同和敬仰，表达了在纷繁复杂的社会现象中，对是与非、善与恶、美与丑、正与邪等所持的立场、观点和看法。"

我们随意抽读书中几篇就能一窥全书品质。

《借升》借助一只蓝花碗，寓说当今时代需要传承中华文化中的社会正义。"父亲强忍着内心的火气，走近祝投，耐心讲了一番道理，然后将那只蓝花碗放在祝投的手里，说：'孩子啊！量米啊，这蓝花碗永远错不了，咱可要祖祖辈辈传下去！'"

《女娲说美》寓说当今时代提倡的中华文化友善理念和

审美观。篇中女娲说道："那必定是这人后天内心变恶，做了不好的事情。人的外表美不美，跟先天长相、性格没有关系。你们细细感悟一下，有哪一个乐善好施、德行天下的人，你们觉得他可厌可恶？"

《破解房屋"风多"声》用房屋的"风多"谐音"奋斗"，最后告诉房主"让你奋斗，用奋斗获取财富，守住家业"，房主幡然醒悟。后来一家人经过几年奋斗，在原址修建起了与原先一模一样的豪宅。之后，宅子许多次易主，经过许多代主人的奋斗，不断修缮、更新，一直矗立于南山岭下。

《花狗说不算》写大花狗自以为是，不能按主人的要求驱赶作孽的老鼠，小黑猫认真逮鼠护院，主人一生气赶走了大花狗。大花狗边跑边嘟嘟囔囔："主人有失公道，袒护小黑猫。不算，不算，不算，我要控告！"活脱脱就像人们生活中常见的那种既自以为是又不能发挥应有作用的某些人物。

《楼上老爷子的喜好》中的陈老爷子在楼上爱干什么就干什么，一点都不顾及四邻感受，尽管他是为大家做好事，可结果还是遭到了邻居们的抗议，老爷子终于明白："看来，不能把自己的喜好强加给别人。即便是好事，做错了时间地点就不是好事了！"

《老虎求人》一篇尤其别出心裁。故事说老虎在主人饲养下到处找吃的，觉得很不方便，老虎想，直接把他们人吃掉不就完了吗！第二天老虎把主人吃掉了，这才发现人肉真好吃，比什么肉都鲜美啊！从此，天下老虎吃起了人，一发不可收拾。故事寓意所指什么，实在需要读者猜详。

全书开篇的《猴子手中取蟠桃》与靠近末尾的《饿死桃树下的猴》，趣味盎然，故事中暗含着人类在物质交换中的智慧，也暗含着市场经济中的心理学。

最后一篇《天塌下来还有别个》，立意于"天塌下来有高个子顶"的俗语，演绎了恐龙灭绝的故事。最后天塌下来了，龙山顶上一对翼龙还在等待"还有别个"，它们被挤压在两块巨石中间，断气之前，那公龙断断续续留下一句话："老——天爷哪，怎么不来救呢？怎么没高——个子出——来顶着呢？"最终把故事的寓意交由读者细细体会。

以上举例介绍的一些篇章实在是我随意抽取的，事前并没有征求到作者本人的意见。总之，沈水荣的寓言写作是符合寓言的本质要求的。德国启蒙运动时期最重要的作家和文艺理论家莱辛在解释寓言的本质的时候曾说："要是我们把一句普遍的道德格言引回到一件特殊的事件上，把真实性赋予这个特殊事件，用这个事件写一个故事，在这个故事里大家可以形象地认识出这个普遍的道德格言，那么这个虚构的故事便是一则寓言。"（《论寓言的本质》）古罗马文学重要代表人物贺拉斯说过，寓言写作"得到普遍赞赏的是融会实益和乐趣的，它叫读者同时得到快感和教训。"（《诗艺》）《万事明镜》一书中绝大多数篇章既体现了寓言的本质要求，也能"叫读者同时得到快感和教训"。

好的寓言既要有智慧美，又要有读者领会得到的寓意。因此，作者要善于设譬，深于取象，选用某种具体事象，连类比附，类比推理，借此说明具体道理。当然，这里面有虚构和夸张，甚至拟人化，这正是寓言文体美之所在。寓言总是借此喻彼，借近喻远，借小喻大，借古喻今，虽浅显实深奥，寓说理于具象，化平易为神奇，处处幽默与机智，总能令人忍俊不禁，拍案叫绝。

莱辛说过："寓言的魅力体现于重理本身。"寓言的虚构与夸张离不开坚实的生活基础，它虽受制于形象原型的自然属性，可通过想象却能表现事物的本质，虚构不但不令人觉得荒唐，反而突出了寓言形象，产生更强烈的说理效果。《万事如镜》虽然在大自然和人类社会纵横捭阖，杂取种种，我们读来不仅不觉得荒诞不经，反而被吸引着要探究故事中的深长意味。因为作者不仅是一介文人，更是一位军人，一位文人＋军人，他有文思泉涌的功底，还有气吞山河的气概，因而百余篇寓言读来，或冷峻峭刻，或热情奔放，有柔情无限，有痛快淋漓，或跌宕起伏，或恢诡谲怪，令我们读来如行山阴道上，目不暇接。如此这般，一部只有250多页的"小书"，却包含天地人生，古往今来，堪称万事如镜，实乃一部人世间的大书！

祝贺沈水荣同志，他为我们奉献了当代寓言创作的一朵奇葩——《万事如镜》!

是为序。

《万事如镜》(沈水荣著)，

东方出版社 2024 年 1 月出版。

辑三 为报刊作序

做有出版情怀的编辑 ①

——《出版与印刷》2019年七月卷首语

书同兄：

今天，我作为一个从业近 40 年的老编辑，要向你——一位刚刚迈入出版行业门槛的新编辑，表示欢迎和敬意！

你还记得吗？那天你电话里告诉我，说出版社通知你，一旦学校发给报到证就可以去社里签署聘用协议，还催促你尽快上班。我追问你一句："你想好了？"你满口回应："想好了。"接着你告诉我，能进这家出版社很不容易，今年社里只拿出 5 个编辑岗位招收应届毕业的研究生，可投来的简历就有好几百，自己也就成了百里挑一啦。我问为什么有这么多人要来这家出版社，你笑了，说是这家出版社经济效益比较好，"因为社里有了教辅出版，据说全年平均收入要比

---

① 本文转载自 2019 年 7 月 8 日《中国新闻出版广电报》"给青年编辑的十二封信"栏目。经作者同意，作适当修改。

很多出版社都高。"你很是开心，大声地告诉我。当时我在电话那边沉默了。我觉得你虽然想好了要进入这家出版社，可是似乎还没有想好怎样来吃"出版"这碗饭。

我并不反感择业时重视日后的收入。尽管古人主张"读书不为稻粱谋"，可是，合适的收入总归是在市场经济环境里生活的一个普通人不可或缺的条件，求职谈薪酬是再正常不过的事。可是，如果你过度看重在出版社的收入，那么，我现在想告诉你一个"秘密"，那就是：做出版当编辑是发不了财的。我曾经不止一次跟新入行的编辑说，想发财挣大钱最好不要来做出版。10多年前，我曾经在一个出版论坛上说过这个"秘密"，听众都笑了。茶歇时一位满头白发的香港老出版人端着咖啡走过来，对我说："你讲得太好了！要是30年前听到你的话，我早就不做出版了。"我笑了，我说您老人家是有情怀的人，因此才坚持到现在，成了受人敬重的出版家。

是的，要成为一个优秀的编辑和出版人，首要需要的是出版情怀。

什么是情怀？情怀是含有某种特殊感情的心境，情怀是一种发自内心的执着追求。一个人要在职业岗位上取得成功，往往需要具有与职业较高要求相称的情怀。领导干部要有人民情怀，军人要有家国情怀，老师要有教书育人的情怀，作家要有创作情怀，艺术家要有艺术情怀，运动员要有体育情怀。我们做出版的，就要有出版情怀。情怀既是职业成功的追求，也是一种乐在其中的精神向往。情怀是有情怀的人第一位的追求，至于在职业中还会获得其他什么回报，包括金钱的回报，在他们的心目中往往放在其次。那么，什么是出版情怀呢？我以为，其基本点是喜爱好书，追求的是多出好书，而其最重要的精神向往就是有更多的人欢迎我们做的好书，而且这些好书能够在书架上一直留存下去。我们出版人，因为喜爱好书，所以投入精气神；因为投入精气神，所以有智慧灵感的闪现；因为拥有智慧灵感，所以能给作者和读者尽可能多的帮助。有了这样的情怀，我们才能善待各种作者；有了这样的情怀，我们才能孜孜不倦地学习和创新；有了这样的情怀，我们才能殚精竭虑，不辞日常工作的琐碎和辛劳；有了这样的情怀，我们才能宠辱不惊，直面来自各方面的挑战；有了这样的情怀，我们才能为自己做出来的一本又一本好书牵挂和欢喜，10 年、20 年、30 年地一直努力下去，而且总是乐在其中。

一部出版史，感动后人的常常不只是历史上的那些好书，还有许多著名出版人的出版情怀。

你们在现代出版史的课堂上都会对商务印书馆主要创始人张元济肃然起敬，因为他在 20 世纪之初主持出版了大量开启民智的优秀书籍。可是要知道，张元济先生那是辞去了南洋公学代理总理的优渥待遇而加盟商务印书馆的。而当时的商务印书馆还只是一家毫无名气的以印刷会计簿册为主的弄堂工场。张元济并不满足于主持一所南洋公学，而是希望能出版更多好书，培养更多的人才，这才应邀前来主持商务印书馆编译所。"昌明教育，开启民智"，这就是张元济的出版情怀。

你们在现代出版史的课堂上还会向三联书店的主要创始人邹韬奋致敬，因为他为民族为人民出版了大量爱国进步书刊。他的奋斗精神尤为感人。邹韬奋接任《生活》周刊主编时才31岁，当时编辑部只有两个半工作人员，整期文章几乎都由邹韬奋包办。他用不同的笔名，撰写各种各样的文章，获得了读者们的喜爱。"九一八"事变后，邹韬奋以极大的爱国热情加入到抗日救亡的行列中，与腐朽黑暗势力作坚决斗争。他先后主办的几种刊物都成为当时全国发行量最大的周刊。他主持创办的生活书店在全国一度拥有56家分支点，为了保护自己的书店，他一直在与反动黑暗势力作斗争，直至病倒。在病榻上他还写下5万多字的回忆录《患难余生》，其中写道："倘能重获健康……如时局好转，首先恢复书店，继办图书馆与日报，愿始终为进步文化事业努力，再与诸同志继续奋斗二三十年！"竭诚为读者服务，这就是邹韬奋的出版情怀。

你们也都知道著名编辑周振甫对大学者钱锺书的帮助，倘若没有良好的出版情怀，同样饱读诗书的周振甫怎么能够毫无保留地去帮助钱锺书给著作编目录、订正错讹、查证索引？

你们还津津乐道于长篇小说《林海雪原》问世的故事。

这故事最重要的关键点是当时刚入职的青年编辑龙世辉全力帮助作者曲波成功改写书稿的无私精神，这样的事情没有足够的情怀能够做好吗？

在美国出版史上，麦克斯·珀金斯是一位具有传奇色彩的编辑，他发现了菲茨杰拉德、海明威、沃尔夫等多位伟大的文学天才，被菲茨杰拉德称为"我们共同的父亲"。请问，如果没有充沛的情怀，他能把编辑工作做得像一个"父亲"吗？

书同兄！我相信你是一位有情怀的新编辑，跟你说那么多别人的故事，无非是希望情怀在你即将开始的职业生涯中占据更重要的位置，希望你有一个更好的开始和未来。做出版，第一位的是要有出版情怀。让我们共勉吧！

此致

敬礼!

聂震宁

2019 年 7 月 6 日

提高质量：唯有认真

——《出版参考》2020年11月卷首语

出版业要实现高质量发展，编辑出版人必须掌握扎实的基本功。那么，怎样才能掌握扎实的基本功呢？经验多多，归根结底只有一条：认真。

管理学上有一个重要理念，那就是：做正确的事永远比正确地做事更重要。其实，实践告诉我们的是，做正确的事与正确地做事同等重要。如果不能正确地做事，往往会把正确的事做坏，成"蝼蚁之穴毁千里之堤"之憾。

古人有"大学之道"的说法："大学之道，在明明德，在亲民，在止于至善。"这是指做正确的事；古人有"小学之学"的说法，有"术不可不慎"的提醒，这是指正确地做事。古代的大学之道与小学之学各有其用，各具其要，同样受到专家们的重视。

一个编辑首先要对书籍内容"明明德"，可是不能止于此。倘若对语言文字不能应对，错字连篇，文句颠倒，不仅破坏阅读，还有可能因文害义、因文害德，贻误读者。出版业要实现高质量发展，"大学""小学"同等重要，内容质量与编校质量不可或缺。在我们已经高度重视出版物内容方向的同时，务必对编校质量给予高度重视。

一个编辑，要掌握扎实的基本功，最首要的也是最简单的经验就是"认真"。

大作家鲁迅也是一位大编辑家。一生编辑过近 20 份杂志和许多重要书籍，一直以态度认真闻名。在编辑苏联小说《铁流》曹靖华译本时，他对照德译本和日译本进行校定，使中译本完全胜过了德译本，而序跋、注解、地图和插图，又为日译本所不及。最让许多专业人士钦佩的是，鲁迅曾经对《嵇康集》作过四次校勘，曾把十多万字的《嵇康集》抄写过三遍。

被称为"革命出版第一人"的伟大爱国者、著名出版家邹韬奋，20 世纪 30 年代主编的《生活》周刊、《大众生活》周刊名满天下，抗战时期领导的生活书店出版大量进步书刊，56 家分支店遍及大半个中国，其出版业绩彪炳史册。然而，他说自己在出版工作中有两件"最不能容忍的事情"，一个是刊物脱期，一个是刊物有错字，为此当年他常常在印刷厂加班校改付印样，一熬就是一个通宵。这就是一位大出版家对书刊质量的认真态度。

首届韬奋出版奖获奖者周振甫一生的主要精力却是放在默默无闻的编辑工作上，而且甘之如饴，安之若素，从不拒绝编辑室委托他审读的书稿。30多岁时编辑钱锺书的《谈艺录》，帮助作者订正书稿，甚至还耐心帮助作者编订目次，态度不可谓不认真。在近70岁时他编辑钱锺书的《管锥编》，前后写下两份审读报告，第一份是关于出版《管锥编》的建议报告，后一份是审读报告，长达数万字，指出书稿1000多处错讹，其认真态度堪称编辑工作典范。

一个编辑，要掌握扎实的基本功，首要的经验是"认真"——认真工作。此外，第二条经验，还是"认真"——认真学习。

前面我们说到周振甫在编辑工作上态度十分认真，其实，在学问上周振甫也极为认真。他著述颇丰，他的专著《诗词例话》《文章例话》曾一度十分畅销。后来还出版了十卷本的《周振甫文集》。

王云五是商务印书馆历史上继开创者张元济、夏瑞芳之后举足轻重的人物。他并没有像样的学历，全靠自学成才。自20岁起，王云五用3年时间读完英文版《大英百科全书》，为他日后从事出版业奠定了基础。他还读了大量世界学术名著，把家中的存书《二十四史》阅览了一遍，夯实了自身文化涵养，后来经胡适一力举荐入职商务印书馆，开创了20世纪30年代商务印书馆的中兴时代。

一个编辑，要掌握扎实的基本功，除认真工作、认真学习之外，还有其他经验吗？有！不过，还是两个字："认真"——认真继续学习。特别是认真对待编辑工作中继续学习的机会，也就是我们编辑工作中经常提到的"编学相长"。

一位毕业于北京大学的文学硕士入职出版业后谈的一番感想很能说明学问与职业的关联。她说，大学七年的学习经历让自己学会了如何欣赏好书，而编辑工作的实践则练就了她编校的基本功，更重要的是，职业的要求让她完成了从读者视角到编校视角的转换，现在读一部书稿，既要关注书的内容，又要咬文嚼字，同时还要关注全书的宏观和微观结构，这就是于编学相长中练就了扎实的基本功。

要掌握扎实的基本功，无非就是不懂就学，不明白就查阅工具书，查引文当做到"无一字无来历"，改人书稿内容当与作者认真交流。总之，要把工作过程当作自己的修行。认真的态度就是修行，是在工作岗位上继续学习者的修行，而且这几乎是所有行业所有岗位优秀从业者的普遍经验。

出版业要实现高质量发展，必须进行全面质量管理；出版业要进行全面质量管理，每个岗位人员都必须掌握扎实的基本功，而要掌握扎实的基本功，唯有认真：认真、认真、再认真！

从期刊史上两个案例谈起

——《出版与印刷》2021年第二期卷首语

　　前不久，参加庆祝中国共产党成立 100 周年主题出版物《初心与使命：中国共产党百年出版》编辑委员会会议，与会专家一致认为回顾中国共产党建党百年出版史，应当从 1915 年《新青年》的创刊谈起，因为这本期刊为马克思主义在中国的传播做出了开创性的贡献，为中国共产党建党的思想理论准备发挥了不可磨灭的作用。《新青年》的创办和发展，让我们对期刊在中国革命事业发展中的作用有了更为深刻的认识。

　　早些年，参加一部百年期刊史著作的出版研讨会，与会专家在向《新青年》的史实表达崇高敬意的同时，还对另一本期刊《科学》赞叹不已。《科学》也是 1915 年创刊，主要由赵元任、任鸿隽、严济慈、周培源、茅以升、竺可桢、叶企孙等中国第一代现代科学家创办并参与编辑，开创了中国传播科学的先河。《科学》的创办与发展，让我们对期刊在科学事业发展中的作用有了更为真切的认识。

重温中国期刊史上两个最具典型意义的案例，我们可以进一步理解期刊作为一种专业化的信息传播工具，在社会各项事业发展中的作用。学术期刊作为期刊出版和学术出版中的一个重要门类，在文化发展、科技进步和学术传播中的作用尤为突出。

在国际学术界，关于学术传播有一句名言"或者出版，或者死亡"，即把学术成果能否发表出版与学术研究成功与否紧密关联。其实，这句名言还只是强调了学术成果公之于众的重要性，而学术期刊的价值远不止于此。学术期刊在将学术成果公之于众的同时，还以学术诚信为基础，扮演的是学术共同体对学术成果和论文质量的评价和认证，这是学术期刊至为重要的核心价值。因此，学术期刊发表论文时的评估标准，尤其是其中的政治标准、学术标准、质量标准，以及对研究成果的创新性、引领性、及时性等方面的要求，对相应学科的研究和发展具有重要的引导作用。

毋庸置疑，学术期刊对学科的建设具有相当大的推动作用。改革开放以来，随着我国出版事业的繁荣和发展，为了解决出版工作中出现的新问题，编辑出版学作为一门新兴的学科在我国得以建立并迅速发展。1978 年，《出版工作》（1991 年更名为《中国出版》）创刊，当时是我国仅有的一本编辑出版类学术期刊。40 多年来，伴随着中国特色社会主义文化事业的建设进程，我国出版业不断发展壮大，推动了我国编辑出版领域学术研究和编辑出版学教育的发展，大批学术研究成果纷纷涌现，极大地推动了编辑出版类学术期刊的发展。现在，我国编辑出版类学术期刊已经超过 20 种，这些学术期刊刊载了大量的编辑出版专业论文，甚至推动了国家级优秀出版论文奖的设立，这在改革开放前是难以想象的。编辑出版类学术期刊的发展壮大，必然引发大批编辑出版专业论文的写作和发表，推动编辑出版领域学术研究成果的生产和传播，甚至带来了出版学科的创立和发展，从而又助推我国出版事业实现更大发展。

谈到学术期刊对学科建设的推动作用，不能不谈到学术期刊在学科建设中人才培养上的作用。优秀的学术期刊总是在立足服务于学术研究的同时重视人才培养，积极发现优秀作者，热情培养学术新人。优秀的学术期刊往往要通过发表学术领军人物的重要论文带动和提升期刊的学术水准，通过倡导学术规范、弘扬良好学风来帮助更多作者成长，通过鼓励青年作者发表论文来帮助他们提高分析解决问题和综合创新的能力。总之，学术期刊在壮大作者队伍的同时也为学科建设中人才队伍的建设作出贡献。

十九届五中全会明确提出了到 2035 年建成文化强国的远景目标，这就意味着我国也将由出版大国建成出版强国。那么，出版业就要从"十四五"开局之年朝着出版强国的目标迈进。要建设成为出版强国，经济社会健康发展和社会文化繁荣是必要条件，国家政策部署是重要动力，出版行业秩序管理是必要保障。在这些前提下，出版业自身必须坚持改革创新，实现高质量发展，做好精品出版物的生产和供给。今后，融媒体出版将成为出版业的常态甚至是主要形式，出版产业体系建设将进一步健全和发展，出版业将在全民阅读深入开展的同时获得更大发展空间，出版业走出去的步伐将更加扎实有力，出版业人才队伍建设要符合行业发展大势和多层次的需要，出版科研和出版学科建设尤其是一流学科建设的任务将更加受到重视。凡此种种，都是摆在全行业面前的前沿课题，编辑出版类学术期刊应当围绕前沿课题切实做好学术研究的引领、组织、评价和发表、传播工作。《出版与印刷》作为在我国编辑出版类学术期刊中的后起之秀，敏锐感知春江水暖，自新年起由季刊改为双月刊，同时组建起阵容庞大的编委会，一副整装待发的气势。让我们向《出版与印刷》致敬并预祝她成功！

全民阅读因创新而气象万千

——《新阅读》2021年第十二期卷首语

全民阅读，顾名思义，是全民的阅读，因而必定要体现大众化、多层次的特点，又因为是阅读的活动，不同层次的读者必定各有所好、各有所需，故而，全民阅读活动应当着力于各种活动的创新，引导大众读者在创新的活动中不断提升阅读兴趣、养成阅读习惯、提高阅读能力。全民阅读将因为创新而气象万千。

国家新闻出版署正式发布的"2021年全民阅读优秀项目推介工作入选名单"（以下简称"入选项目"），就让我们真切感受到全民阅读创新开展的生动景象。

入选项目的创新首先体现在全民阅读的主题阅读上。阅读既是人们的精神追求，阅读也是时代的召唤。2021年，围绕中国共产党成立100周年，全国各地的全民阅读活动，纷纷以丰富形式、多样手段推广党史、新中国史、改革开放史、社会主义发展史等重点出版物的阅读，形成阅读热潮。

在主题阅读中，主题阅读类项目当然成为主题阅读的高地。中国妇女出版社长期主办的"全国青少年爱国主义读书教育活动"是全国青少年中参加人数最多、持续时间最长、教育效果最好的读书活动，活动的年度主题都紧扣时代主题。2018年的主题是"进入新时代 改革开新篇"，2019年的主题是"辉煌七十年 奋进新时代"，2020年的主题是"百年光辉历程 全面建成小康"，2021年的主题是"永远跟党走 奋斗新征程"。"重庆党建'红云'"这一主题阅读项目也是让人们强烈感到红云灿烂。事实上，在主题阅读类项目之外，公共服务、社会推广、数字传播等各类项目无不坚持突出新时代的阅读主题。总之，新时代的主题阅读既是入选项目的最大亮色，也是所有入选项目的厚重底色，尽显新时代全民阅读的良好风貌。

入选项目的创新同时体现在全民阅读的公共服务上。让我们感到振奋的是，为全民阅读提供公共服务的主体正在从政府主管部门和事业单位向社会各界迅速扩大，正在体现出社会力量共同参与阅读推广的积极性、主动性、创造性。北京阅读季"阅读驿站"项目以"流动书展＋讲座活动"融合阅读推广模式，努力将公共文化服务的触角延伸到基层的每一个角落。这项活动是在北京市新闻出版局主持下进行。"合肥市城市阅读空间建设"和"构建新时代'泉民悦读'新体系"也是分别来自于合肥市文化和旅游局和济南市文化和旅游局的主导。"长江读书节"由湖北省图书馆长期投入坚持至今。"我嘉书房"项目则是来自上海嘉定区图书馆公益性投入。"天津市大学生'悦读之星'校园推广活动"来自于天津师范大学图书馆的激情策划。而"广州读书月"项目则是得力于广州新华出版发行集团公司的全力参与。"全国青少年科普阅读行动"来自于《知识就是力量》杂志社持之以恒的行动。"'我是你的眼'公益助盲行动"却是来自于黑龙江一家民营文化企业——悦咿呀文化发展有限公司提供的公益性服务。而江苏省江阴市的"让一座城变成一间书房"香山书屋阅读推广项目是一家实体书店发起的阅读活动,书店主人一直热情鼓励更多爱书人成为遍布城市各地书屋的志愿者,"第一次来,我们为您服务;第二次来,您为自己服务;第三次来,希望您能成为志愿者为他人服务",这个项目现在已经拥有上百支阅读推广志愿者队伍。

入选的社会推广类项目和数字传播类项目,尤其体现了全民阅读推广行为不可或缺的创新性要求。甘肃的"点·线·端+全民阅读"建设书香社会的"读者方案",使得《读者》杂志很广大的读者群对阅读有了更广泛的兴趣。上海的"我嘉书房"项目纳入公共图书馆总分馆服务体系,30家书房里许多已经成为网红打卡地。江苏的"让一座城变成一间书房"香山书屋阅读推广项目,已经把一家实体书店发展形成8家实体书屋、12个24小时开放的社区阅读驿站和上千个书香漂流点的规模。而凭借最具创新价值的数字传播技术,"全民阅读与融媒体智库"和"'职工驿站'数字阅读服务"

更是充满了创新意识，主动应用阅读新技术新模式，打造阅读新场景新体验，更大规模地拓展阅读覆盖面。

以 2021 年全民阅读优秀项目为代表的全民阅读推广工作，使得全民阅读更具全民性，让更多人的阅读兴趣得到提升，阅读习惯得以养成，阅读能力得到提高。全民阅读正因为创新而气象万千！

读书不用眼，但一定要用心

——《盲童文学》2021年卷首语

服务视障群体读者"我是你的眼"的活动正在进行，一心帮助视障群体读到光明，读到古今文化的精粹，十分让人欣慰。尤其是中国盲文出版社在为全社会视障人士提供优秀出版物和阅读服务的同时，启动了一项视障群体读者数字阅读推广工程，用20万台智能听书机覆盖400家图书馆，解决视障群体读者阅读的"最后一公里"问题，让更多视障群体读者共享"阅读之美"。

如何缩小视障群体读者与信息时代的阅读鸿沟，是全世界面临的共同难题，全民阅读活动和现代科技创新，一直在点点滴滴地服务着助盲阅读，使得视障群体读者获得更多阅读的机会正在不断成为现实，视障群体读者阅读与信息时代的鸿沟正在较快地缩小。

可是，有一件事却是别人帮助不了我们的，那就是阅读要"动心"——读别人的书，动自己的心。别人能够帮助我们视障群体阅读，做我们的"眼睛"——用指尖阅读，用耳朵听书，而"动自己的心"，只能是自己动心。

所有的阅读都是为了人们走向美好的精神世界，无论是读以致知、读以致用还是读以修为、读以致乐，最终目的都是为了获得更多的知识，增强人的本领，提高人的精神境界。如果没有这样的认识和追求，那么，阅读就只是一种玩乐。曾经有古人批评自己的一个朋友，说他终日读书，从不考虑读书用处，这是另一种"玩物丧志"。

为此，我主张阅读中的青少年朋友，大家在阅读中要"动心"，要用自己的心去读各种书籍。我们阅读尽量不要"独学而无友，孤陋而寡闻"，而要以书会友，广开思路。我们的阅读尽量不要与己无关，而要为爱发声，以情动人。读了美国当代作家海伦·凯勒《假如给我三天光明》，我们是不是在感佩聋盲人海伦·凯勒勇往直前的同时，还应该提振自己的生活勇气？读了意大利作家亚米契斯的《爱的教育》，是不是会让我们心中更加充满爱？读了"昔人已乘黄鹤去，此地空余黄鹤楼。黄鹤一去不复返，白云千载空悠悠"，心中应当泛起怀旧思古之幽情。读了"清明时节雨纷纷，路上行人欲断魂"，心中应当有怀念先人的感动。读了《平凡的世界》，我们应该能更加励志更加进取，而且更加理性地理解生活。总之，要用心阅读，阅读要动心，读而后动感情，读而后有思考，思考而后行动，这是别人代替不了但我们自己应该去做的事情。

2024 年 3 月 21 日

克服阅读障碍

——《盲童文学》2024年卷首语

为什么要克服阅读障碍？因为我们需要阅读。我们为什么需要阅读？因为"阅读是为了活着"。这是19世纪法国作家福楼拜的名言，至今还被很多爱书人热情地引用。

"阅读是为了活着"，那么，人活着总是要克服一些障碍的。阅读也需要克服一些障碍，主要是三个障碍：

第一个障碍是"对阅读没兴趣"。没有兴趣就没有学习。我们要阅读，那就要唤起阅读的兴趣，要乐在其中。要乐在"读以致知"，满足自己的好奇心、求知欲，通过阅读周游世界，探索未来；要乐在"读以致用"，古人说"立学以读书为本"，学习就要从阅读开始；要乐在"读以修为"，成为"腹有诗书气自华"的人；最后是"读以致乐"，享受阅读的乐趣。

第二个障碍是"没有良好的阅读习惯"。良好的习惯可以塑造美好的人生。爱卫生的习惯可以使得你身体健康同时为卫生环境作出贡献；爱唱歌的习惯可以使得你对乐音敏感从而唱出让人佩服的歌声；良好的阅读习惯可以使得你只要有空闲就会想到捧书而读。良好的阅读习惯还包括乐于阅读交流、阅读记忆、大声朗读，特别是举一反三联想的习惯。这些良好的习惯一旦养成，将会很好地陪伴我们一生。

第三个障碍就是"阅读能力不足"。其实，这个障碍最容易克服。只要我们对阅读葆有长久的兴趣，保持良好的习惯，那么，阅读能力就一定能在不断的阅读实践中得到提高。爱书的朋友们，只要我们阅读，那么，任何障碍都终将被我们克服，而通过阅读我们将到达人生美好自由的境界。

2021 年 1 月 4 日

智慧时代：出版业又一次挑战与机遇

——《出版与印刷》2022年第二期卷首语

人类社会正在进入智慧时代。

2007 年，欧盟发表《欧盟智慧城市报告》，率先提出"智慧城市"的创新构想。2008 年，IBM 公司发布《智慧地球：下一代领导议程》报告，首次提出了"智慧地球"的概念，认为人类正在进入新的时代，随着信息技术和智能技术应用到人们生活的各个方面，世界已经紧密相连，地球变得越来越小，越来越智能化。人们借助信息技术，使地球上的东西被感知，并实现互联化和智能化。而"智慧城市"正是实现"智慧地球"美好愿景的现实举措。2009 年，IBM 公司在《智慧的城市在中国》的白皮书中具体描述了"智慧城市"的图景：充分运用信息和通信技术，感测、分析、整合城市运行的信息，对包括民生、环保、公共安全、城市服务、经济活动等在内的各种需求做出智能化响应，为城市人民创造更加美好的生活。

自"智慧城市""智慧地球"这些理念提出，准确地说，随着智能技术的日益发展，"智慧生活""智慧校园""智慧交通""智慧医疗""智慧图书馆"等理念接连提出，成为智慧时代一件件激动人心的创举。

在智能技术的支持下，人类社会智慧化发展无疑将成为必然趋势。

如果说人类社会正在进入智慧时代这一判断能够成立，那么，各行各业当然都不能无视自身智慧化发展的必然趋势。如果作为出版业最主要服务对象的读者阅读已经出现智慧化的需求和趋势，那么，出版业岂能视而不见、无动于衷乃至无所作为？

不用说，出版业肯定又要有人发出"既是挑战，也是机遇，而且机遇大于挑战"的呼吁。自20世纪90年代起，出版业已经一次又一次发出过这样的呼吁，可是也一次又一次错过了机遇，而且在一个个挑战面前损兵折将。君不见，在迅猛发展的新兴出版产业中，市场份额被各种所有制的新兴文化企业所挤占，传统出版企业的市场主导地位不断削弱。传统出版业所谓"内容为王"的自信，并没有在产业转型和市场竞争中发挥应有的优势，个中道理实在值得业界学界讨论总结。

诚然，在出版业的智慧转型中，传统出版企业正在努力有所作为。出版学专业的学者们已经提出"智慧出版"理念并开展学术探讨，一些专业出版社和学术期刊也正在积极探索智慧出版的转型发展。

据我所知，社会科学文献出版社是较早提出并实施智慧出版建设战略的出版机构之一，该社继 2014 年实现智慧出版社 1.0 和 2017 年实现智慧出版社 2.0 之后，2020 年全面启动智慧出版社 3.0 构建阶段。社会科学文献出版社一直在积极探索新兴技术的应用，并推动了"智慧七化"（互联网化、流程化、数据化、移动化、知识化、协同化、智能化）建设，构建赋能型的互联网知识服务平台和学习型出版平台。如推出智能机器人小 A，实现跨系统、跨平台的智能化统一检索；构建内容资源管理平台，建设内容知识库、出版社知识仓库等基础知识库，探索垂直学术服务生态，使业务主体有能力及时响应市场环境和读者需求变化。

我国一些学术期刊率先运用智能技术，利用大数据预测系统主动适应学术研究的需求，通过智能化内容生产和数字化全媒体传播，为用户提供专业化和个性化知识服务，朝着智慧出版的目标转型。一些学术期刊将智能化技术运用到编辑的日常工作，应用智能化采编系统，对来稿进行自动查重和作者成果分析，自动推荐审稿专家，自动给作者发送稿件处理信息，自动回复读者咨询，利用大数据分析实现对作者和读者的精准推送。一些学术期刊利用智能化技术，整合海量文献资源和用户资源，构建专业化、个性化知识服务平台，开辟线上学术沙龙，举办专家网络讲坛，实现读者、作者、编辑、审稿专家、编委间的多渠道互动，在内容生产、学术传播、知识服务等环节注入智慧理念，实现向智慧出版的目标转型。

然而，出版业可不只是专业类出版、教育类出版和学术期刊，对社会阅读影响最直接、最广泛，数量最多的大众类出版在智慧时代究竟如何应对，迄今为止，学界研究、讨论不多，业界似乎也显得后知后觉，不少大众类出版社甚至产生与己无关的错觉。其实，出版业只有能够为海量大众读者提供智能化出版服务，从而使得自身在供给侧作出更好的改革创新，这才算是真正充满"智慧"。当下，作为整个出版业最主要服务对象的阅读，正在快速进入智慧化。电子阅读、移动阅读、App 阅读、社交阅读接踵而至，在智能技术支撑下，阅读推广主体对于读者的阅读特征、阅读需求正在全面感知和智能识别，从而对推广目标、推广方法进行智能化优选，如此等等。这时候也许可以套用一句老话来自警自励了，那就是：智慧阅读已经来了，智慧出版还会远吗？

出版职业资格考试：行业的
自我完善、自我提高

——《出版与印刷》2023年第一期卷首语

自 2002 年至今，我国出版专业技术人员职业资格考试已经成功举办 20 年。这项行业职业资格考试工作取得了良好的成绩，保持了年年零差错、无事故的优异纪录，赢得了广大考生和出版行业的普遍肯定，得到国家行政主管部门的高度认可。我有幸从 2001 年起参与这项工作，前后参与过考试辅导用书及写作大纲的编写和审订，参与过书稿审读以及此后的多次修订，参与过考试大纲的编写和审定及多次修订，也多次参加命题和审题工作，可以说是全时段、全过程参与了这项工作，经历过其中许多酸甜苦辣，而今回望来路，自然感想良多。

出版专业技术人员职业资格考试最直接的贡献，是为行业人才选拔评价提供了一份重要标尺，为提高行业人才队伍素质能力开辟了一条重要途径。然而，从更高层次、更广阔的视野来看，这项持之以恒、高质量进行的职业资格考试，二十年来，还为我国出版行业的自我完善、自我提高发挥了重要作用。

改革开放之初，为了尽快解决当时全国性的"书荒"，解决普遍存在的"出书难、买书难"困难，出版业大力推进体制改革、机制创新，出版机构迅速扩张，全行业实现了以数量增长为主要标志的规模化发展。然而，古往今来，出版业最根本的任务从来就不是"多出书"，而必须是"多出好书"。于是，以质量提高为主要标志的转型发展任务很快就在出版业内提出。规模化发展需要有足够的从业人员作参与，可是，提高质量、多出好书，则需要更多高素质的人才队伍作保证。然而，当时出版业内从业人员素质良莠不齐，不少从业人员既缺乏职业道德素养，也缺乏专业技术知识，于此情势之下，建立科学规范、严格统一的准入制度就成了出版业人才队伍建设的当务之急、重中之重。如此这般，出版专业技术人员职业资格考试也就应运而生，为我国出版行业人才队伍建设的自我完善、自我提高发挥了基础性作用。

事实上，出版专业技术人员职业资格考试为我国出版行业的自我完善、自我提高发挥的作用是多方面的。其作用不仅体现在出版职业准入制度的建设上，还体现在出版行业的整体建设和发展上。考试工作涉及出版行业价值标准的确立、经营管理主要原则的确认、质量规范的科学性乃至出版各环节的工艺要求等，这些内容通过职业资格考试也就直接影响到行业的整体建设和发展。我们知道，我国某些行业的专业技术人员职业资格考试，在启动之初，曾经出现过"只考不学"和"只考不习"的问题，某些考试并没有对考生明确提出学习专业课程的要求，也没有对考生提出行业实习的要求，以至于用人单位普遍反映，这样的考生通过考试入职后连基本的工作规范、具体专业操作及基本技巧都不会，甚至都不晓得一些重要的专业名词为何物，因而考生此后的"入职适应期"普遍较长。从某些行业的考试程序和技术层面要求看，考试对于考生专业知识的考量比较容易而且有效，可对入职人员的行业理念、职业道德、专业情怀和专业能力的考量则效果不佳。而出版专业技术人员职业资格考试则完全不同。出版业的这项考试从一开始就立足于出版专业课程的设计上，这就是本文开头谈到自 2001 年起本人就参与了这项工作的原委。2001 年国家新闻出版行政主管部门决定启动出版专业技术人员职业资格考试工作，即着手组织编写考试辅导教材。这套教材的编写工作明确要求立足于出版行业的整体建设和发展，肩负起对我国出版行业的价值标准、经营管理的主要原则、质量规范的科学要求乃至各项工艺环节的具体指导等任务，不仅使得其后实施的出版专业技术人员职业资格考试有所本、有所遵循，也使得全行业在思想理论、行业标准、学科范式等重要问题上得到了一次比较全面的梳理，形成了比较统一的认识，这套教材甚至也成为出版从业人员继续教育和高校有关专业教学、科研人员学术研究的参考用书，为推动出版行业的自我完善、自我提高做出了突出贡献。

出版行业的自我完善、自我提高永无止境，那么，为行业自我完善、自我发展一直在做贡献的出版专业技术人员职业资格考试也就永远在路上。出版专业资格考试辅导教材自2002年第一版出版以来，根据行业建设发展形势和提高考试质量的需要，遵循教材建设的规律，分别于2003年、2004年、2007年、2011年、2015年和2020年进行过六次修订。这套教材的修订工作坚持稳中求进、与时代同步，注重实践性、理论性和学术性的有机统一，既保持教材主体的基本稳定，又及时传达党和国家对出版工作的新要求，及时吸纳出版实践的新经验，及时反映出版行业改革发展新的变化和趋势。以第六次修订为例。本次修订主要增加了自十九大以来党对出版工作的新规定、新理念和新要求，进一步体现了党和国家对出版管理的重视。其中，在第三章"出版历史"中，特别增加了"中国共产党领导的出版活动"一节，并将2015年版中"出版行政管理"的章节，增补调整为"党和国家对出版的管理"。与此同时，较大幅度地增加、充实了出版业融合发展的内容。修订工作对2015年以来的一些数据进行了更新，对机构名称进行了修改，补充了法律法规的新规定，还对一些章节的标题作了修改，对内容结构也有所调整，使之臻于完善。总之，管中窥豹，从这套教材的第六次修订，我们可以看到，出版专业技术人员职业资格考试一直在做着自我完善、自我提高的不懈努力。同时，我们也要对这项考试为我国出版行业的自我完善、自我提高做出的突出贡献予以热情点赞。

阅读与出版

——《出版与印刷》2023年第三期卷首语

编辑部希望我就"出版与阅读"写一篇刊首语。命笔之时，我想把刊首语的题目定为《阅读与出版》，因为出版要从阅读开始，没有阅读就没有出版，这是不言自明的道理。试想，一个不怎么阅读甚至不爱阅读的出版人怎么能做好出版呢？可是，好像我们有些出版人包括高校出版专业的一些老师和学生并不曾认真对待这个问题。

其实，一个国家一个时代的出版力是从国家与时代的阅读而来，同理，一个出版人的出版力也是从他的阅读而来。

19 世纪下半叶，晚清社会"西风东渐"的阅读风潮推动了近代进步出版，魏源编著的《海国图志》（100 卷）印行成为中国人"睁眼看世界"的代表作，商务印书馆的《世界文库》《新字典》，中华书局的"中华教科书"、《辞海》等成为中国现代出版之滥觞。五四运动之前后，马克思主义学说的阅读热潮，推动了《新青年》杂志、"新青年丛书"乃至《共产党宣言》的出版，成为现代出版业红色出版的发端。1938年，中国共产党六届六中全会号召全党开展读书学习运动，毛泽东同志号召"来一个读书比赛，看谁读得多，读得好"，推动了延安抗日根据地以及各抗日根据地的出版热潮。新中国成立之初，中央发出"全党重新学习"的号召，我国马克思主义论著的出版和大众文学的出版取得很好业绩。1978年，十一届三中全会前夕，"为了满足广大读者'井喷式'的阅读需求"，中央有关部门决定重印35种古今中外文学名著，紧接着许多出版社面向全国，争相出版中外文化文学名著，很快形成新时期出版业百花齐放的繁荣局面。进入新时代，全民阅读普遍开展，图书出版保持了良好的增长态势，特别是主题阅读的需求有力推动了主题出版的开展，推动了出版业高质量发展。

　　一个出版人的出版力当然首先应该来自于他的阅读。德国古典哲学家费尔巴哈说"人是他吃的食物"，同样的道理，出版人的出版能力首先来自于他读过的好书。回看一部出版史，往往只有具备深厚文化底蕴的出版人，才能策划出版具有久远生命力的经典图书。所有伟大的出版家，如张元济、陆费逵、邹韬奋、叶圣陶等，无一不是勤奋的读书人。邹韬奋在南洋公学、圣约翰大学上学时一直都是发奋读书的好学生。他创办生活书店后，明确提出出版人要有博览群书的追求，主张要提高出版人的文化素养，尤其是多读些文史哲方面的书籍，如此才能使得出版人增长知识、加深学养，提高判断能力。叶圣陶指出，有入而后有出，读书有所得即为入，有所化即为有所出。古人云"操千曲而后晓声，观千剑而后识器"，我们出版人当然就应该是"多读书而后多出好书"。一个好出版人首先应当是一个好读者。尤其是高校出版专业的学生，既然学为优秀出版人，就先要从做一个好读者开始。虽然首先要把专业必修课学好，可那是远远不够的，正如学游泳只知道游泳技术规范是不够的，而必须下到水里游起来，才可能学会游泳而且越游越好，阅读各种书籍就是出版人下到书海里游泳。学做出版的人既要读有专攻，又要博览群书，博采众长，读书视野应开阔，学识要"杂"而"广"，知识结构丰富多样，争取成为"杂家"和"通才"。正如大作家同时也是编辑家的鲁迅先生所言："书在手头，不管他是什么，总要拿来翻一下，或者看一遍序目，或者读几页内容。"天文地理，花鸟虫鱼，鲁迅是无所不读，以至于一位日本科学家和鲁迅接触后，禁不住称赞鲁迅"什么都知道"。

如今能进入出版业的，大体都是读过书接受过一定教育的人，那么，是不是阅读就不再成为问题了呢？其实不然。眼下做出版的很少读书的现象还是存在的。出版人最要警惕的是"如入芝兰之室，久而不闻其香"，防止在阅读上出现审美疲劳。在阅读上出现审美疲劳，在出版上就会发生创新疲软，这在出版业内已经成为普遍现象。试想，一个出版人，尤其是出版领军人，倘若不能站在市场前沿，第一时间了解别人新书的信息，又如何在选题策划时避免跟风，避免撞车，如何做到"人无我有，人有我优"，实现选题内容创新？

出版人应将读新书作为必做的日常功课。要通过大范围地浏览新书，认取最新信息，从宏观上把握图书市场的新趋势、新变化，从而根据市场需求展开全新的策划。

出版人要主动阅读畅销书。要通过阅读畅销书究其畅销原故，带着分析的态度与评判的眼光，研究畅销书背后的运作机制和内在的畅销元素。阅读畅销书，可以了解大众阅读的特点，了解大众图书传播的动向，亦可观照人们的生活、命运、情感，理解社会与时代，这是现代出版人必须时刻关注的问题。

出版人要坚持不懈地阅读专业书。要通过经常阅读专业书夯实业务功底，不断提升专业素养。著名语言学家、语文教育家吕叔湘先生就提倡要十分注重阅读"有关自己专业的书"，认为这类书无论在什么时候、什么条件下都是一定要读的，它们是一个专业人员的立身之本。出版是一门专业，出版这门专业还覆盖到多种学科，出版学的专业书和研究各种学科出版的专业书都应该是优秀出版人的案头必备之书。

深化中的全民阅读更美好

——《中国出版》2024年第七期卷首语

春城无处不飞花，翠湖处处闻书声。第三届全民阅读大会将于 4 月 23 日至 25 日在春城昆明举行，阅读热潮将又一次传遍神州大地。自 2022 年 4 月首届全民阅读大会成功举办，习近平总书记为大会发来贺信，全民阅读大会就成为我国全民阅读的盛大节日，成为深入学习贯彻党的二十大精神和习近平总书记关于推动全民阅读、建设书香社会及致首届全民阅读大会贺信的重要指示精神，持续推动全民阅读走深走实的重要举措。

从 2014 年"倡导全民阅读"到 2017 年"大力推动全民阅读"到 2022 年"深入推进全民阅读"，再到今年"深化全民阅读活动"，全民阅读已连续 11 年被写入《政府工作报告》，受重视程度逐步增强，成为建设社会主义文化强国的一个重要抓手。建成书香社会，建立常态机制，是深化全民阅读活动的目标，也预示着全民阅读工作美好的未来。

深化全民阅读活动，做好着力推动人民美好生活的"加速器"。党的二十大报告强调，"我们坚持把实现人民对美好生活的向往作为现代化建设的出发点和落脚点"。阅读正是丰富人民美好生活的重要内容和途径。实现人民对美好生活的向往，体现出新时代深入推进全民阅读的重大使命和重要转向，探析二者之间的内在联系需要对全民阅读进行理论的推演、历史规律的体认与当代实践的经验总结，构建面向美好生活的全民阅读兼具美好生活与阅读镜像、阅读媒介、阅读场域互动的三重逻辑，对当下深化全民阅读活动面临的挑战提出解决方案，重点从生活现代化、生活在地化、生活场景化诸多方面深入推进全民阅读，聚合实现美好生活的集体共识。

深化全民阅读活动，当好扎实推进共同富裕的"回声筒"。深化全民阅读活动与加强优秀出版物供给这一重点任务息息相关。现代社会知识获取和使用已然成为人们生存和发展的重要支撑，阅读因此成为如同空气和水一般的环境性因素，影响着人类的生活方式和生产方式。随着共同富裕的扎实推进，全民阅读在解决知识分配的基础上回应物质财富分配的问题值得深入研究。既然是全民的阅读，这项活动理应尽一切努力遍及城乡，覆盖到每一个有需要的家庭和个人，服务于社会生活中各种各样的阅读需求。其中应该有大众喜好的阅读，有国民教育的阅读、专业人士的阅读，还有体现个人偏好的阅读；应该有各种机关单位企业组织的阅读，有城乡社区的阅读，还包括家庭亲子以及各种特殊群体的阅读。为此，出版资源再分配问题的提出，全面接触到共同富裕下的全民阅读有效开展的根本问题。

深化全民阅读活动，筑牢精准滴灌重点人群的"压舱石"。深化全民阅读活动既要普惠，也要分层。

以银龄阅读为例，应对人口老龄化趋势，重视老年群体已成为全民阅读工作的重点之一。关注银龄阅读，需要从衰老的本质来考察老年人群的阅读需求。无论是"身体机能衰退"的生理衰老，还是"未来时间知觉"的心理衰老，老年群体的阅读动机与需求复杂而深刻。这需要我们更加重视高质量阅读的引导。阅读在老年生活中是一种特殊的嵌入形态，老年人通过阅读实现高效的自我相处，获得资源优化管理的实用建议以及借助外界帮助实现无障碍阅读；通过阅读回顾生命、缓解负面情绪与认知障碍疾病以及实现高质量社交。未来可通过阅读疗法与人才储备完善以及数字赋能等举措推动银龄阅读深度发展。

深化全民阅读活动，重在创新，贵在务实。我国全民阅读必将进入新的境界，创造出新的辉煌。深化中的全民阅读更美好！

辑四　为自己作序跋

《韬奋箴言》
编选说明

　　2015 年 11 月 5 日是伟大的爱国者，杰出的新闻记者、出版家、政论家邹韬奋先生 120 周年诞辰。邹韬奋先生是生活·读书·新知三联书店的创始人之一。为了纪念韬奋先生诞辰，三联书店安排了不少出版项目，其中之一便是编选出版《韬奋箴言》，希望既可供新闻出版业各层次、各岗位从业人员使用，也可以供当代读者特别是青年读者阅读。

　　由于本人自 2011 年 12 月起忝任韬奋基金会第四届理事会理事长，比较集中地阅读理解韬奋著作，学习宣传韬奋精神，三联书店便向我发出编选《韬奋箴言》的邀约。尽管这是一件比较费工费力，质量要求很高而又不易讨好的事情，我还是欣然应承下来了。一方面这是自己的职责所在，另一方面也是夙愿使然。多年来阅读邹韬奋的著作，许多箴言警句给我留下了深刻印象，曾经有过应当有一册邹韬奋语录的想法，只是不曾想这件事现在落到我身上来。

经过近三个月的工作,《韬奋箴言》编选任务基本告成。编选资料主要使用上海人民出版社 1995 年出版的《韬奋全集》(共 14 卷)。全书按内容编成七辑,每一辑的辑名均采用邹韬奋本人有代表性的箴言。现对七辑内容分别说明如下。

第一辑"爱我们的祖国":主要收入邹韬奋爱国、抗战方面的言论。邹韬奋之所以成为 2014 年国家首个烈士纪念日公祭的 300 名著名抗日英烈中唯一一位新闻记者、出版家,正是因为在 20 世纪国家危难存亡之际,在抗日救亡的漫天烽火中,他是最早的抗战呐喊者之一,是一面永远不倒的抗战旗帜。他没有一天不拿着笔为祖国战斗,直至生命最后一息。"题破稿纸百万张,写秃毛锥十万管"正是对他以身以文报国最真实的写照。

第二辑"永远立于大众立场":主要收入邹韬奋坚持人民大众的立场,力主民主政治,勇于与黑暗势力抗争等方面的言论。韬奋精神,一言以蔽之,就是"服务精神"。毛泽东为韬奋先生题写挽词:"热爱人民,真诚地为人民服务,鞠躬尽瘁,死而后已,这就是邹韬奋先生的精神,这就是他之所以感动人的地方。"这是对邹韬奋的服务精神的最好概括。他之所以能够以短短 49 年的人生,产生了流传后世的巨大影响,是与他一生竭诚为最大多数群众服务的努力分不开的。

第三辑"竭诚为读者服务":主要收入邹韬奋有关新闻

出版工作要为读者做好服务的言论。邹韬奋热爱人民，不仅鲜明地表现在他编刊出书坚持大众的立场，撰写政论文章努力做人民的喉舌，还具体地表现在他对待读者的态度上。他明确地表示过：《生活》周刊是以读者的利益为中心，以社会的改进为鹄的。他创办的生活书店最引人注目的广告语就是"竭诚为读者服务"。这些为读者服务的言论让我们认识到他所从事的事业之所以成功的根本原因。

第四辑"最重要的是要有创造的精神"：主要收入邹韬奋在办刊、办报、办出版社过程中坚持宗旨、创新发展、科学管理、理性经营等方面的言论。《生活》周刊由一份发行量不足 3000 册的小刊物发展成发行量超过 150000 册的当时全国第一畅销刊物，生活书店创办不到 10 年就发展成为在全国拥有 56 家分店、年度出书量一度居全国各社之首的规模化经营的名店，足以看出邹韬奋卓越的编辑出版艺术和高超的经营管理智慧。

第五辑"用人当注重真才实学"：主要收入邹韬奋关于尊重和爱惜人才、培养和使用人才方面的言论。邹韬奋在其主持的各项事业过程中，十分强调"人才主义"，热情爱护人才，认真培养人才，把一大批新闻出版业青年才俊团结在事业上，这正是他所主持的各项事业总是人才济济、团结奋进、业绩不俗的主要原因。

第六辑"做文章和做人实在有着密切的关系"：主要收入邹韬奋关于写作、读书、学习等方面的言论。邹韬奋不仅在新闻出版事业上功勋卓著，在写作上也著述颇丰，14卷共800万字的《韬奋全集》就是他勤奋写作的结晶。他在写作上有许多经验，在读书上有不少心得，在对待青年学习上也有独到见解，这些文字发表时就产生过较大影响。

第七辑"自觉心是进步之母"：本辑内容相当丰富，邹韬奋在二十多年的新闻出版及写作生涯中，一直关注青年，举凡青年的思想修养、学习成长、意志志向、名利价值观、爱情婚姻观以及对待社会环境的态度，都有过锦言妙语，堪称当时的青年人生导师。本辑即为邹韬奋关于青年修养的言论。他的一句"自觉心是进步之母"的论断，不同凡响，直入青年精神成长的内在动力之根本，相信至今对当代青年仍会有所启迪。

以上各辑中言论按照1995年版《韬奋全集》各篇文章的顺序排列。每条言论均注明文章出处。有志于研究韬奋精神的人士，可以用他的言论作为线索，再研读其相关原作，想必受益会更大。

谨以此纪念韬奋先生120周年诞辰！

《韬奋箴言》（聂震宁编选），
生活·读书·新知三联书店2015年10月出版。

《韬奋箴言》
后记

编选《韬奋箴言》，较之于编选他同时代的著名作家、学者的箴言警句要困难许多，因为近二十年来，那些作家、学者的语录类出版物已经有了不少，而邹韬奋的语录只有过零星的一些选录，尚未见过编辑成书，一切得从头来过。

然而这项工作值得去做。本人承接任务后，首先得到北京印刷学院新闻出版学院的支持。在该院编辑出版系主任朱宇教授的带领下，于祝新、孔凡红、李东、焦亚楠、徐洁、赵文文、苏格兰、胡航、赵文青、何凡、刘梦迪、王天乐、刘琼、汤文蓉、王梦瑶、付晓露、陈应雯、黎竹、游赛赛、王忱、马悠、王丰、林莉、毕自立、吴展翼、刘紫云等同学参与了初稿的辑录和校对工作，其中，研究生于祝新、孔凡红、李东、焦亚楠、徐洁等出力最多。在此特向北印新闻出版学院，向朱宇教授和同学们表示诚挚的感谢！

按照我拟就的辑录方案和各项要求，同学们从韬奋先生

八百多万字的著述中进行先期选录。按照"有言论必录"和
"提炼箴言警句"的原则形成共约十六万字的言论初稿。我
在全面审阅初稿之后,对辑录内容做了较大幅度的调整和再
次精选,并做了全面的核对,努力做到好中选好、优中选
精,最后形成现在大约十万字的定稿。

　　此书编选工作从一开始即得到三联书店总经理路英勇先
生的重视和关心,在编选过程中一直得到责任编辑叶彤的配
合,在此一并致谢。

　　欢迎广大读者提出批评意见。

《韬奋箴言》(聂震宁编选),
生活·读书·新知三联书店 2015 年 10 月出版。

写在前面的话

——《韬奋精神六讲》序言

2014年10月15日，习近平总书记在文艺工作座谈会上发表了讲话。一年来，全国新闻出版界和文艺界一道，一直在认真学习和贯彻讲话精神。随着学习贯彻的深入，生活·读书·新知三联书店和人民出版社两家出版机构都产生了编写出版邹韬奋精神读本的构想。他们认为，新闻出版界可以结合学习韬奋精神，加深对习近平总书记重要讲话精神的学习理解和贯彻落实。

这两家出版机构与韬奋先生都有着特殊的联系。韬奋先生是生活·读书·新知三联书店的主要创始人之一，而在1985年以前，三联书店一直是人民出版社的副牌出版社。两家重要出版机构几乎是不约而同地与韬奋基金会联系，提出了编写出版韬奋精神读本的构想。

邹韬奋先生是我国现代进步新闻出版业的杰出代表，是唯——位列入首批国家公祭日公祭烈士名录的新闻出版界人士。新中国成立以来，韬奋精神已经成为我国新闻出版事业的一面旗帜。

那么，什么是韬奋精神？韬奋精神主要包含哪些内容？我们知道，对于韬奋精神，毛泽东同志曾做过精辟的总结，即"热爱人民，真诚地为人民服务，鞠躬尽瘁，死而后已，这就是邹韬奋先生的精神"。这是韬奋精神的核心。韬奋精神又是丰富的。韬奋在国家民族生死存亡之际表现出来的强烈的爱国主义精神，真诚地为人民服务的精神，坚持真理、永不屈服的斗争精神，以及正确处理新闻出版的事业性与商业性关系，善于经营，精于管理，爱岗敬业，等等，都是韬奋精神的重要内容。

这就是直到韬奋先生诞辰一百二十周年后的今天，国家公祭的三百位抗日烈士中有他的英名在列，许多围绕着他辉煌事迹的纪念活动相继举行的主要原因。这也是直到他不幸逝世七十多年后的今天，以他的名字命名的"韬奋新闻奖""韬奋出版奖"一直是新闻出版界个人成就最高奖的重要理由。

说来十分幸运，2009 年我荣获了第十届"韬奋出版奖"。获奖的时候，我感到的主要不是自豪和骄傲，而是对伟大的爱国者、杰出的新闻出版家韬奋先生加倍的敬仰。

也是十分幸运的事，几年前我在中国出版集团公司任总裁，生活·读书·新知三联书店即在集团公司旗下，在三联书店改革发展的一些关键时刻，我不同程度地发挥过应有的作用。总裁任期届满交班后，我又荣幸地担任了韬奋基金会第四届理事会理事长。这是 1987 年为纪念韬奋先生而成立的我国新闻出版界唯一的公益性基金会。任职以来，我和基金会的同仁们，尽职尽责，为继承研究韬奋的思想文化遗产，弘扬韬奋精神，培养和表彰新闻出版业高端人才努力发挥作用。基金会创立了韬奋出版人才高端论坛，每一年度都会对韬奋精神和出版业人才问题进行高层次的研讨。

编写韬奋精神读本的任务似乎是顺理成章地交给了我。

我知道这是一项非常艰巨的任务，应承下来需要足够的勇气和毅力，同时也明白，这是一件十分神圣的事情，我国新闻出版界早就应当有这样一个读本，而当前形势下尤其需要这个读本。无论是发自内心的敬仰之情还是出于目前的职责之所在，这项任务对于我几乎都是无法推卸的。在学习领会习近平同志在文艺工作座谈会上的讲话精神的同时，在阅读了关于韬奋先生的大量资料之后，在韬奋先生诞辰一百二十周年的 2015 年的盛夏，我开始了《韬奋精神六讲》的写作。

《韬奋精神六讲》（聂震宁著），生活·读书·新知三联书店、人民出版社2015年11月出版。

《韬奋精神六讲》
后记

在习近平同志在文艺工作座谈会上的讲话全文发表、全国文艺界和新闻出版界认真学习贯彻这一重要讲话精神的热潮中，同时亦是在《中共中央关于繁荣发展社会主义文艺的意见》正式出台之际，《韬奋精神六讲》终于编写完成。习近平同志在讲话中提得最多的两个概念就是人民和爱国，而这两个概念，正是韬奋精神最为核心的内容。可见，习近平同志的讲话既是对文艺工作的精辟论述，为文艺工作指明方向、提出要求，也是对革命的、进步的文艺工作的历史做出的深刻总结。讲话中提出的一系列重要观点，在韬奋的新闻出版和写作实践中我们也能找到许多生动的范例。显然，新闻出版工作者可以通过学习韬奋精神，加深对习近平同志讲话精神以及中央关于在新时期特别是"十三五时期推动文化大发展大繁荣的主要精神"的学习理解和贯彻落实。

在写下这部书稿的最后一句"这就是他之所以感动人的地方"之后，我不仅没有大功告成的喜悦和放松，相反，却陷入了长久的沉思默想。回顾整个写作过程，我清晰地感到，这既是从韬奋先生奋斗的实绩中提炼描述一个个感人故事的过程，更是全面学习理解韬奋精神丰富内涵的过程。更为重要的是，这是自己作为一名当代出版人，接受韬奋精神全面而深刻洗礼的过程。因此，这一番沉思默想，是经受醍醐灌顶洗礼的震撼之后的沉思，也是受了洗礼后到达新境界时的默想，同时，还伴随着对自己曾经有过的浅薄的反思。

直到现在，我才意识到，在写作这部书稿之前，自己对韬奋精神的认知实在是相当浅薄。尽管在从业三十多年的日子里，我曾经在较长的时间里肩负过领导多家重要出版机构的使命，尽管自己已经获得了以这位伟大先贤命名的出版业个人成就最高奖的"韬奋出版奖"，尽管已出任韬奋基金会理事长经年，然而，我并不曾全面深入地了解过韬奋先生的事迹，对于韬奋精神的诸多内涵更所知甚少，至多是一鳞半爪。所以，写作这本书，首先要做的是学习和理解韬奋精神。学然后知不足，学然后知浅薄，学然后知汗颜，学然后知反思。

现在，完成本书的写作之后，我可以说，此前，我和新闻出版业的许多同道一样，虽然熟知韬奋先生"竭诚为读者服务"的理念，却并不了解他为实践这个理念付出过多少努力，更没有认识到他所做的一切乃是因为选择了"永远立于大众立场"的道路和方向。我们虽然也对可歌可泣的"七君子事件"有所知晓，然而却并不了解韬奋先生为了抗日救国究竟做出过多少牺牲，更没有体会到他的爱国情怀已经融入其生命，他"推母爱以爱我民族和人群"的名言乃是出于他生命的呼喊。我们赞颂韬奋先生敢于斗争的气概，然而我们却并不了解他为此遭受过多少凶险和打击，尤其较少理解到，他的抗争乃是为国为民，为了他所憧憬的美好社会的理想，他临终留下的最后遗言"不要怕"乃是他一生奋斗的最强音。我们津津乐道于当年《生活》周刊神话般的崛起和生活书店拥有五十六家分支店的辉煌，却对韬奋先生在经营管理过程中的无私奉献、卓越理念和敬业精神不甚了了。韬奋先生之所以称得上是现代进步新闻出版业的一面旗帜、一位楷模，既因为他二十多年的业绩彪炳史册，还因为他具有新闻出版家的高超才能和职业美德，更因为他有竭诚为大众服务、一心为祖国献身的满腔热血和光明心地。

有哲人说过：一个人如果不知道他出生以前的事情，将永远只是一个孩童。那么，在不曾了解上述种种应当了解的韬奋先生的精神及其事迹以前，我实实在在还只是新闻出版业的一个小学生。这次写作的经历，庶几能使自己对新闻出版事业的认识有一番飞跃提升。我把此番心迹告诉了责任编辑叶彤先生，叶先生说他读罢书稿也有同样的感觉。

由此想到，偌大的一个新闻出版业，与我们有类似感觉的同仁当不在少数。我们大都较少知道以韬奋先生为旗帜的现代进步新闻出版业筚路蓝缕、艰难创业的历程，较少感触到以韬奋先生为代表的现代新闻出版业先贤们曾经有过的以天下为己任的博大胸怀和忠贞气概。是的，我们曾经为现代进步新闻出版业先贤们的辉煌业绩所激动，认为他们是学富五车的一代名士、风流才俊，可是，殊不知，"大学之道，在明明德"（《大学》）。读一读"韬奋"们的故事吧，其实他们首先是有抱负、有坚守、有胆识的仁人志士，然后才谈得到才学的深浅高下。他们以德为先，故而心中有北辰——爱国爱民；他们有胆识，故而心中有主裁——公平正义；他们甘于奉献，故而心中有目标——开启民智；他们务实奋斗，故而心中有事业——力保事业性和商业性两全其美。这是以韬奋先生为代表的现代进步出版业先贤们的进步意义之所在，是先贤们之所以受到后人永远敬重的主要原因，也是现代进步新闻出版事业能够继往开来、生生不息的重要保证。我们以为，这些认识，对于今天的新闻出版事业，无疑具有重要的启示意义。

感谢生活·读书·新知三联书店和人民出版社的领导，他们很早就提出了编写《韬奋精神六讲》的构想。今年适逢韬奋先生一百二十周年诞辰，三联书店路英勇总经理又一次鼓动我着手并完成这项工作。感谢邹家华（嘉骅）同志、邹嘉骊老师，他们总能清晰而满怀深情地向我讲述他们亲爱的父亲韬奋先生生前点点滴滴的感人故事。感谢他们，帮助我完成了学习研究并讲述韬奋精神的光荣任务。最重要的是，我们都要感谢敬爱的韬奋先生，他的精神、他的伟绩，传承至今，泽被后世，为我国新闻出版事业留下了宝贵的精神财富，成就了我们新闻出版工作者常学常新的一部精神读本。

《韬奋精神六讲》（聂震宁著），

生活·读书·新知三联书店、人民出版社2015年11月出版。

《舍不得读完的书》前言

近几年来，阅读问题渐渐成了大家比较关注的问题。为此，一些报刊约我就阅读问题写过一些随笔，一些地方和部门邀我去做过一些演讲，本书除少数几篇是本人的旧文外，绝大多数是近几年来本人所写的阅读随笔和演讲访谈录选编。那少数几篇旧文也都是谈阅读的随笔，考虑到内容非常适合编入这本以阅读为主题的集子，也就不惮与自己别的集子有很少量的重复之虞，也算是敝帚自珍吧。

全书共编成六辑。第一辑主要收入关于当前国民阅读状况的随笔，第二辑主要收入关于阅读文化的随笔，第三辑主要收入阅读内容评析的随笔，第四辑主要收入与阅读紧密相关的出版业问题的随笔，第五辑主要收入关于全民阅读的随笔，第六辑主要是关于阅读问题的演讲访谈录。文章编成六辑实际上是一个大体的分类，许多时候一篇文章可能会同时涉及多个方面的内容，分类难免有所牵强，好在文章一篇是一篇，大都可以分开来读，相信读者不会过于穿凿于分类的。

　　早年间我只是一个文学作者，后来为职业故成了一个出版人。早几年职业生涯完成，渐渐地，为兴趣使然，也为全国政协委员履职需要，竟然成了一位阅读推广者。用有些媒体介绍我时概括的说法，那就是"从写书人、出书人成为推动全民阅读的读书人"。媒体的这一概括，很让我有"十年一觉扬州梦"的感觉，回望人生来路，三重身份都与书相连，看来这一辈子都交付与为书籍的事业了。这本集子就是不才以第三重身份作出来的一点文字，这些文字虽然可能不如我的写书、出书那些微的实绩，然而毕竟是出于个人意趣，或也堪可自慰。倘能与读者形成友好交流，更是人生快意之事。

　　书名《舍不得读完的书》，取自于其中一篇随笔的篇名。这是为文集起名的常用办法。之所以用它来命名全书，我是有一点想法的。那篇题为《舍不得读完的书》的随笔主要说的是舍不得读完一本好书的感受和好书要使人舍不得读完的意思。现在取来用作书名，事实上是有所升华。我们希望有更多的人去寻找舍不得读完的书，讨论舍不得读完的书。在一个阅读社会里，舍不得读完的书越多，则流连忘返的读者越多，阅读的氛围也就越温馨，书香也将越发浓郁。我想这是所有有责任感和进取心的写书人、出书人和读书人的共同愿景吧。

《舍不得读完的书》（聂震宁著），
商务印书馆 2015 年 5 月出版。

《阅读力》导语

2016年初，我忽然做了一个决定，要把对社会阅读问题的研究重点转移到阅读力研究上来。而在此之前的十年里，我只是在提高国民阅读率、改善国民阅读状况方面做些事情，为此写下过数十万字的东西，结集成《舍不得读完的书》出版。

现在，促使我把注意力转移到阅读力研究上来，因素是多方面的，其中一个重要因素就是在媒体上获知中美大学生阅读状况的比较现状后，对我的触动特别大。

2016年初，媒体披露，有专业机构对中美两国著名大学学生做了2015年全年学生借阅图书情况的调查，公布出来的调查情况是：美国排名前十的大学的图书馆学生借阅量排在前四位的是柏拉图的《理想国》、托马斯·霍布斯的《利维坦》、尼科洛·马基雅维利的《君主论》和塞缪尔·亨廷顿的《文明的冲突》；中国排名前十的大学的图书馆学生借阅量最高的依次是《平凡的世界》《三体》《盗墓笔记》《天龙八部》《明朝那些事儿》。我感觉到这一调查结果颇具意味，于是在多次演讲中加以引用，而且每次引用都会引发现场笑声，甚至在大学生中演讲，同样引发笑声。事后我就寻思，原本是想通过这种比较，让我们的读者们特别是大学生读者们感到汗颜，感到耻辱，然后知耻而后勇，奋起阅读那些更为厚重的人文著作。可是，效果并不如我所预期的那样，那些笑声内涵其实还是有些复杂的。这是为什么呢？看来，我们只用一种高蹈的欧美学术标准来衡量我们的阅读实践，并不能说明全部问题。一个民族的阅读文化，自然还会有民族的阅读性格、审美特点和思维方式需要予以理解。但是，无论如何，这当中还是存在着阅读力高下强弱的问题。这也就是阅读界专业人士经常提出的"为什么读""读什么"和"怎么读"的问题，这些问题几乎是阅读学永恒的问题，有如哲学上"你是谁""从哪里来"和"到哪里去"的永远追问。其实，阅读力问题应当被看成是人类阅读研究的起点和归宿。我既然有兴趣涉足于阅读学，那么，就应当在阅读力问题的研究上多下一些功夫。

2016 年初，还有一件关于阅读的事情触动我转向阅读力研究。当时我在南方一所省级重点大学与大学生们座谈读书生活。在提问阶段，一位女同学提问道："我是中文系的学生。但我很想读哲学书，可总是读不懂，请问老师怎么办？"我告诉她，阅读要循序渐进，要弄懂一些基本概念，要找这方面的老师请教，在老师的指导下去阅读一两本哲学入门书籍。接着，我又说，提高阅读力需要长期的训练，提高阅读力需要更多的阅读。我的回答没有引起同学们的掌声。会场上比较静寂，尴尬的静寂。我意识到我的回答很难令大家特别是那位女同学满意。而当时我的回答只能是这个水平，因为那时我在阅读问题上的兴趣还停留在鼓动更多的人来读书上，而这位同学和在场的更多同学却希望我能告诉他们如何才能提高阅读力。

了解到大学生们对于提高阅读力的强烈需求，我启动了阅读力的研究之旅。

我国大学生如此急迫地提出阅读力问题，可见他们已经深感自己在这方面的不足。按说，一个人进入大学学习阶段，应当具备了比较好的阅读能力。可是，很长时间以来，我国大学生在成为大学生之前，深陷应试教育的泥淖，而我们的应试教育又严重地脱离阅读能力的培养，这就使得他们到了大学之后才开始关注阅读力的养成。我们知道，欧美发达国家的国民教育早就比较普遍地提倡"席明纳"（Seminar，即"研讨班"）教学方法，这是一种起源于德国并广泛应用于欧美学校教育的教学模式，强调以学生为主体，培养学生的综合能力，尤其在大学教学中广泛运用。采用"席明纳"教学方法，往往是以学生大量的阅读为基础。而我们的中小学教育正好并不以学生的阅读作为基础，而似乎是以知识点的掌握和应试能力作为基础。这就是说，我们的中小学生，从一开始上学起，就基本上要告别大量的自主的阅读。近些年来，在国家开展全民阅读的形势下，校园阅读也渐次开展起来，可是，在教学与阅读脱节的教育体制下，我们的校园阅读也不会迅速得到很大改观。美国有一位对中小学生阅读有专门研究的专家到华东某省省会城市考察，指出那里的小学生阅读明显滞后，其中突出的例证是，一年级中国儿童每年的阅读量大概是 4900 字，还不到美国儿童阅读量的六分之一；许多小学三年级以上的学生，主要在阅读动漫书、绘本书，而这应当是三年级以前学生的主要读物。其实，何止是小学高年级学生主要在阅读动漫，现在就是中学生、大学生也都在轻轻松松地读动漫。很显然，这就是阅读力弱化的问题。

　　事实上，关于阅读力问题，已经引起人们越来越广泛的关注，这是在提倡全民阅读的背景下，一个顺理成章的结果。2016 年，我以《如何提高阅读力》为题全年发表过十多场演讲，我发现，较之于过去演讲关于阅读的其他问题，听众明显注意力更为集中。我明白，这是因为许多人急于想掌握提高阅读力的方法。就像平常我们见到过的那种实务性演讲，有需求者总是特别关注，因为大凡属于方法一类的知识，必须切实学习才行。然而，提高阅读力，却不只是传授一些方法就可以做到的。不可想象，一个过去不爱读书、较少读书或者读书较少有心得的人，只要把一些方法传授给他，就能使得他迅速成长为有志于进行终身阅读的饱读之士？一个阅读者，对于阅读的历史、阅读的内涵及其文化意义有了比较正确的认识，在此基础上，又能掌握阅读的科学方法，其阅读力才可能得到较大提高。阅读力，其实就是学习力、思想力、创新力的一部分，一个人是如此，一个社会更是如此。为此，本书主题虽然是谈阅读力，却要从人类阅读的历史讲起。人类阅读历史的变迁，无疑也是人类阅读力发展变化的重要轨迹。

《阅读力》（聂震宁著），

生活·读书·新知三联书店 2017 年 4 月出版。

致热爱阅读的未来精英

——《阅读力》未来精英版序言

亲爱的未来精英，你应当是热爱阅读的。因为我们不能想象，在一个文明社会，还有未来精英是不爱阅读乃至拒绝阅读的。倘若你是一位受到许多老师和长辈称赞过聪明、机灵的少年，倘若你是一位得到许多老师和长辈称赞过善学习、会思考的少年，倘若你是一位能歌善舞、能书善画的少年，那么，热爱阅读吧！让阅读为你的聪明插上智慧的翅膀，让阅读为你的思考插上思想的翅膀，让阅读为你的才艺插上创新的翅膀。让阅读为未来精英插上翱翔天空的翅膀！

亲爱的热爱阅读的少年朋友，你应当会成为未来精英的。因为我们知道，在一个文明社会，阅读是一切精英人才成长的必由之路。如果你热爱阅读古今文学经典作品，那么，你就开启了自己的文学之路。如果你热爱阅读古今文史知识书籍，那么，你就开启了自己的哲思之旅。如果你迷恋阅读科普科幻作品，那么，你正在形成自己的科学思维能力。如果你热爱各种艺术图书，那么，你正在获得自己的艺术修养。因为，几乎所有优秀的文学、文化、艺术、科学、思想精英人才，都是从最初的阅读成长起来的。让阅读帮助你成长为未来的精英！

亲爱的热爱阅读的未来精英，我在《阅读力》这部书里讲述了阅读的历史、阅读文化和阅读的方法，介绍了我对"为什么读、怎样读、读什么"的一些见解，希望能跟你们有更多的交流。其中，我最希望能得到你们认可的是，在书中我提出"读以致知、读以致用、读以修为、读以致乐"的观点。倘若你们能够认同这个"四读"的说法并且坚持付诸实践，那么，你们应当能成为未来精英的。成长是一辈子的命题，阅读也是一辈子的功课，只要坚持下去，你们就应当能读以成才——我坚信，并热切地期待着！

特将此书献给热爱阅读的未来精英！

《阅读力》（未来精英版，聂震宁著），
生活·读书·新知三联书店 2017 年出版。

《长乐》再版自序

我已经老了。尽管我周边的朋友并不这么认为，尽管有人初次见我，对着自况衰老的我，断然惊呼"怎么可能"，可是从生理年龄而论，无疑是老了的。老有老的好处。因为老了，顺理成章就成了老出版家，就有了不做出版而倚老卖老去做出版讲座的理由。然而，不做出版的老出版家究竟还能做多长时间的出版讲座，当然这是可以质疑的。

一次出版讲座结束时，有些听众上前来排队请我签名，通常是在我的编辑出版学论著上签名，不料，排在最后的一位男士，他递上来的是我多年前出版的一本小说自选集《长乐》，广西师范大学出版社1998年出版的。很显然，那是一本盗版本，纸张和印装质量都很差。面对自己暌违已久的旧著，一时间我有点儿转不过神来，有一点欢喜，可对假书又很不高兴。我的表情使得面前的这位哥们儿不能不说话。他说："我在网上读过您这本书里的部分作品，很喜欢，可是多家网店和书店都买不到这本书，后来是在一个小书摊那儿弄到的，虽然是盗版本，总比没有好，您是老作家了，请给我写句鼓励的话吧。"

写句话没有问题，人家是如此地喜欢自己的作品。可是，他竟然称我"老作家"，这可让我心生愧意了。自从1994年做了出版社社长，我就停了小说写作，也可以说就停了一个青年作家的生涯，一心去帮别的作家做书去了。有时候，虽然被人们称为著名出版家、作家，可总觉得前面这个出版家是实的，后面这个作家却有点虚，像是躲在出版家后面，捎带着说说而已。尽管为了留住作家的感觉，在出版社社长岗位上也间或发表一些散文，出版了散文随笔集《书林漫步》等，可实在没有多大的出息。我之作家的记忆，似乎还停留在青年作家时期，不期然，我竟然就成了"老作家"。

在人们的印象中，所谓老作家，通常是指那些笔耕不辍、著作等身、头顶光环的老年作家。我老是老了，可作为作家，与那些老作家基本上不搭界，哪里好意思就"老"起来呢！

为此，自从离开出版集团总裁岗位，不再直接从事出版实务之后，我就重新拿起文学这支笔，写作散文、随笔，出版了随笔集《舍不得读完的书》和文学作品集《天国之翼》，并开始小说写作的准备，暗中给自己打气，至少要在有生之年把这个作家的身份做得实一些。

因为，文学创作毕竟是我此生的第一爱好。正如名副其实的著名老作家李国文先生在《长乐》初版序言中赐予我的一句箴言：文学是条不归路。诚哉斯言！有过一段时日不短的文学创作生涯之后，好像就很难彻底割舍了。倘若从现在起一直写到年纪更老，那时让人称作老作家，也许能稍微心安理得。反正，目前作品这个样子，即使年纪再老，被人称作"老作家"，终归不像。

想起国文老师赐予的箴言，于是我替那位喜欢我作品的男士，在那本盗版的《长乐》扉页上写了一句"文学是条不归路"，既是自况，也是共勉。

现在，广西师范大学出版社提议重版《长乐》，我自然是巴不得的。他们说是为了应对一些读者的需求。因为出版社已经接到多位读者的询问，希望买到正版的《长乐》。而在我这里，却看作是对我重拾文学创作的鼓励。我将永远感激他们。

是为自序。

《长乐》（聂震宁著），

广西师范大学出版社 1998 年 10 月初版，

2018 年 12 月再版。

《长乐》再版后记

我不曾想到过《长乐》还有再版的机会。文学创作的人总是在朝着新作品努力，特别是作品集，一部接着一部写下去、出版下去就是了，很少有作品集重印再版的。不曾想，过去 20 年里，我没有一部接一部地写下去，以至于迄今为止我最好的作品还停留在 20 年前。读者有需求，出版社有兴趣，这就有了再版的机会。

有心的读者可能会注意到，《长乐》初版后记的时间是 1998 年秋，也就是那一年的 10 月，一个多月后，我就挟着这部书去往北京，到国家新闻出版署报到，1999 年初就任人民文学出版社社长。至今刚好 20 年。一切恍如昨日，仿佛我还身处广西出版界，然而物是人非。广西师范大学出版社出版此书时，当时社长是萧启明，现在再版此书，社长已经是张艺兵，总编辑是汤文辉，他们一如既往地给予我友谊和支持，而出版社也一如既往地春暖花开、遍地书香，得到出版界、学术界许多朋友和广大读者的推崇和喜爱。在这家出版社出版此书，并且再版，我要衷心感谢启明、艺兵、文辉诸友，感谢再版的责任编辑罗财勇和装帧设计者，以及所有为此书做了工作的出版社诸友。

记得我在此书初版后记中写的最后一句话是："然而，还是要长乐——无论南方的最后一阵秋风吹来时，我已经去了什么地方。"当时写下那句话，指的就是我即将赴任人民文学出版社社长，可一时间似乎又不是很顺利，暗含着要笑对人生的意思。后来，事情渐渐也就顺理成章地进行下去了。现在，20年过去，北方的最后一阵秋风即将吹来，我想，无论人生顺逆如何，我们终归还是要长乐下去的吧。

2018 年秋于北京

从精品出版看出版力

——《出版力：精品出版50讲》导语

  什么是出版力？一言以蔽之，就是出版优秀出版物的能力。从横向来看，出版力可以分为个人出版力、企业出版力、社会出版力；从纵向来看，出版力又可以分为单项出版力、短期出版力、长期出版力。《出版力：精品出版50讲》这本书主要讨论的是个人出版力、企业出版力和单项出版力、短期出版力。当然，因为书中也讨论到出版机构通过战略设计和经营管理达到提高精品出版能力的目的，也就涉及了长期生产力的内容，不过这不是本书讨论的重点。

  这不是一本关于出版力的教科书。现在已经有了不少这方面的教科书，一个初入出版机构大门的新人，只要读过《编辑学》《出版概论》一类教科书，说起出版力来完全可以头头是道，大体上不需要我们再来写类似的教科书了的。我们这本书也不打算重复那些教科书的观点和论断，而是从实际案例中找寻实感和经验，这样也许能让读者得到较为有用的启示。

出版力，说起来简单，做起来并不简单。出版力这一概念包含了出版过程中的方方面面、点点滴滴，可想而知，怎么可能简单！古人说"知易行难"，这是一个基本规律。一个人、一家出版机构真正要做几本好书并不容易，至于要把精品出版当作自己和一个出版机构长期努力的方向，就更不容易了。请想一想，要做好书，上哪儿去找好书稿，怎样才能从当红作家那里拿到好书稿，又怎样从学术名家那里取得信任接到一部传世之作呢？再有，接到一部好书稿，又怎样做成作者和读者都喜爱的好书，还要让需要它的人知道并且买下来，等等，都不是一件简单的事情。更不要说，一个职业出版人，怎样才能保持不断做出好书的状态，从而成为一个受到作者、读者敬重的出版人；作为一家出版机构，怎样才能形成多出好书的能力，保证自己门庭若市，永葆闪光的品牌，如此等等，这些都不是一本两本教科书可以教会我们的。我们这本书只是打算通过精品出版50讲的讨论给读者带来一些启发。

《出版力：精品出版50讲》算得上是一本图书出版行业的案例分析与汇集，副题虽然标注"精品出版50讲"，实际上全书涉及的图书案例在200个以上。其中有一些是我直接操作过的出版项目，更多则是行业里同仁们有口皆碑的经典案例。我之所以打算通过案例来谈出版力，也是多年来在出版理论与实务研究中得到的一些经验，即：一是从实务出发，增强讨论的实战性，二是开启思路，改善思维方法。

从实务出发，增强讨论的实战性，这是我多年从事出版理论与实务研究养成的习惯。出版学并没有多少艰深的理论，精品出版没有特定的要诀。图书出版形形色色，创新方法千姿百态。产品的差异性决定了创新的差异性。成功者常常因书而异、因时而异、因专业而异。所以，谈出版如果只谈教科书，则势必空洞，往往难以概全，倒不如通过研习既往案例得以更加贴近出版的实务。

开启思路，改善思维方法，则是一切研究最根本的要求。书写精品出版案例的目的，是表明出版创新无处不在。这首先就要有创新的意识和不平庸的价值观。同等重要的是要养成创新思维的习惯。一切创新者，其成功首先来自于自身无时不求新、求好的追求，来自于自身无时不求新、求变的思维习惯。一个不平庸的出版人，随时都不会放弃创新的机会，随时会记住无论是新作品出版还是老作品再版，都有精品出版的可能性和必要性。由于出版这个行业在文化和知识传播中的中介地位，我们的出版创新有可能是前无古人，也有可能只是老歌新唱；有可能是旧瓶装新酒，也有可能是新瓶装旧酒；有可能是焕然一新，而更多时候是持续的改进。精品出版许多时候是对出版物生产与传播的全面或某种独特安排；可许多时候却是沙里淘金、慧眼识珠、捷足先登、突发奇想、点铁成金。精品出版的关键就在于切忌简单从事。总之，精品出版，一事当前，不要忘记创新；一书在前，记住匠心独运！

书中的"精品出版50讲"自2017年9月起作为有声读物在百道学习App上发送，题目是"聂震宁精品出版50讲"。这份有声读物发布不久，就有下载读者询问是否可以买到图书，还有一些加了我微信的同行也私聊问我何时出书，这就成了本书出版的重要动力。需要说明的是，本书的篇目编排与百道学习App发布时不尽一致，听书的编排次序需要多一些变化以求鲜活有趣，而编辑成书时则需要作内容归类以便于读者集中研究。当然，现在本书的篇目编次也只是略作分类，即：精品出版概述，精品选题策划，联系作者与组稿，提高编辑业务水平，做好营销和经营管理。事实上，精品出版的过程往往是共时性的，在许多案例里，总有许多内容是综合在一起的，分类只是有所侧重而已，但求案例读来真实生动，就不必计较分类精准与否了吧。

《出版力：精品出版50讲》（聂震宁著），
安徽教育出版社2019年10月出版。

《阅读的艺术》自序

我们似乎较少见到关于阅读艺术的讨论。然而实际上阅读的艺术是存在的。可以说，人类的许多活动都有艺术存在。人类社会的大事如政治，有政治艺术，战争有战争艺术，外交有外交艺术，管理有管理艺术；人们的日常事务如说话，有说话艺术，写作有写作艺术，教育有教育艺术，学习有学习艺术，交友有交友艺术，恋爱有爱的艺术；即便是饮食起居，也有养生艺术、美容艺术、护肤艺术乃至舌尖上的艺术——烹饪艺术。《孙子兵法》这一中华传统文化瑰宝，在欧美国家就被译作《战争的艺术》（The Art of War）。据专家说，其理由主要是《孙子兵法》作为揭示竞争规律的顶尖之作，展现出引导人们走出现代竞争迷宫的"理性之光"。这种"理性之光"，通过一系列"以智克力""以柔克刚""不战而胜"等深刻的战略理念展示出来，通过蕴涵在其中的"以德服人""天人合一"等深刻的哲学理念展示出来。现在，来自中国的《战争的艺术》已经遍及世界，使得许多著名的国外战略家陶醉于博大精深的中华传统战略文化之中。

那么，阅读，作为人类认知世界和交流信息的主要手段，自然也有关于阅读的艺术存在。

人类某一行为的艺术，通常指的是某一行为的价值理念、思维方法和行为方法。用最普通的话来说，大体就是对某些事怎么看和怎么做，也就是人们日常生活中通常讲的：把事情看得清楚一点，把事情做得漂亮一点。在国民阅读状况正在引起全社会重视的当下，我们很有必要来讨论一下阅读的艺术。

《阅读的艺术》全书分为四个部分，即阅读的哲思、阅读的方法、阅读的随想和阅读的笔记。第一部分"阅读的哲思"，顾名思义，主要讨论阅读的价值、阅读的目的以及阅读与人类社会各方面的关联。第二部分"阅读的方法"，一目了然，就是讨论阅读的具体方法。有了阅读的哲思还得有阅读的方法，如此方可能构成阅读艺术的整体。第三部分"阅读的随想"，集中了当下形形色色的阅读生活引发出来的一系列思考，大体还是属于阅读哲思的范畴。第四部分"阅读的笔记"则是一批阅读方法的实践。这些笔记是近十来年写成，或长或短，或深或浅，大都公开发表过。讨论阅读的艺术，自然要有相当的阅读实践，这是编著这部专著的需要。遗憾的是，搜集进来的大都是关于文学作品的阅读笔记，显然受限于自己早年间文学专业学习和写作的经历，这是没有办法的事情。

　　《阅读的艺术》是本人在阅读学研究方面的第五部书。其中，2015 年商务印书馆出版的《舍不得读完的书》是第一部，2017 年生活·读书·新知三联书店出版的《阅读力》是第二部，2019 年先后由辽宁少年儿童出版社出版第三部《书是香的》和深圳海天出版社出版第四部《改变：从阅读开始》。现在编著第五部，当然要在前四部书的基础上尽力做到有所深化、有所升华，根据"阅读的艺术"这一主题讨论的需要，我从前四部书里撷取出相关篇什，加上未曾入书的一些篇章，重新编排而成。编著书籍和做许多事情一样，一个新的编排，往往会带来新的价值。我比较相信管理学大师熊彼特关于创新的一个诠释，他说，所谓创新就是要"建立一种新的生产函数"，即"生产要素的重新组合"，亦即重组式创新。但愿按照"阅读的艺术"这一主题把我在阅读学上所拥有的"生产要素和生产条件"重组而成的《阅读的艺术》，能为读者朋友带来新的阅读体验和收获。

　　是为自序。

　　　　　　　　　　　《阅读的艺术》（聂震宁著），

　　　　　　　　　　　作家出版社 2020 年 1 月出版。

写在前面：从那一天起

——《在朝内166号的日子里》自序

从 1999 年初春的某一天到 2002 年深秋的某一日，我在人民文学出版社做了四个年头的社长。四个年头，加上上任前的等待，卸任后的关联，时间并不算短。可是，直到十多年后的今天，一直觉得那些日子很短，行色匆匆，"活得太匆忙，来不及体会。"（泰戈尔诗句）我把这种感觉跟朋友说过，于是有朋友不断地劝我把匆匆之间的体会用文字记下来。我知道文字并不可靠，文字叛逃事实的现象普遍存在。然而，除此之外，还有什么办法留住那些体会呢？恰好我和许多朋友又是那种眷念往昔有趣时光的人。

如此这般，这就有了这十余万字的回忆性文字。

回忆往往从那一天开始——

从那一天起，我忽然成了人民文学出版社的社长人选；从那一天起，我就成了人民文学出版社候任的社长；从那一天起，我竟然开始了一个漫长的等待，为了平稳地上任，那个等待几乎与外界信息屏蔽。从成为人选一直到等待结束，走马上任，这个过程，前后也就是一年多的光景，回想起来，那整个过程几乎是一首乐曲，乐曲从舒缓的慢板开始，而后是轻快的行板，接下来竟然是幽怨凝绝、气若游丝的静谧，忽然，鼓声擂响，节奏变成快板。那个漫长等待的一百多天呵，当时真有点儿度日如年的感觉，可如今回想起来，忽然觉得一切恍如昨日，犹如梦幻，那么亲切，那么有意思，那么不必着急——自从上了年纪，我就渐渐有了宿命的感觉，相信该来的终究会来，然后，一切都会过去。尽管现在我还在努力做些事情，可是，我已经不太着急了。不要说等待漫长的一百天，再等几个一百天也无妨的，何况还可以慢慢地做些事情。

回想十八年前，从那一天起，我成了人文社的一员，成了第七任人民文学出版社社长，一切都在开始；然后，又从那一天起，我不再是人民文学出版社社长，许多事情却还在进行，然而四个年头就那么过去了。在一个出版社做过四个年头的社长，时间不能说长，也不能说短，可不知道为什么，自己总觉得很短，仿佛是刹那间的事情。不独我有这样的感觉，据我所知，人文社的绝大多数同事，说到我在人文社当过社长，往往都会带上一句"时间不长"。四年时间还不算长，说明绝大多数同事还没有到厌烦这个社长的时候，甚至许多老同事还大声地对我说，应当再干个四年！好像一切还可以继续——其实，这只能是我和一些同事的心灵感受，肯定不能成为现实，倘若有谁不自量力，以为结束了的故事还可以续写，以为一切可以从头来过，那必定会遭人唾弃。试想，十多年过去了，我所熟悉的人文社已经有了巨大变化，老社长已经"不知有汉，何论魏晋"，倘若回去，一众新员工会问客从何处来。如此情势之下，本社长还敢自以为是吗？

人生经历本来就无所谓长短，只要那经历有趣，有意思，有价值，有精彩，只四年又如何？多四年又如何？

应当庆幸的是，从那一天起，我基本完成了四年任期的任务，初步做成了一些可以复制的出版经营模式，留下了一点点文化印痕，给同事们留下一些些念想，同事们则给我留下更多念想。如此如此，这般这般，难道还不能慨当以歌？如果我恋战，如果我不能见好就收，如果我寻求超越严文井、韦君宜，树雄心直追冯雪峰，还不知道我们那些人格高古的同事会作何种念想呢。或者，正因为从那一天起，说收就收，见好就收，我和我的同事们都意犹未尽，才让我这个老社长还葆有对十八九年前那些鸡零狗碎的事情写上十余万字的余兴吧。

为此，我要说，感谢命运，让我从那一天起，意犹未尽地离开了人民文学出版社。因为离开，遂留下许多痴情和念想；因为离开，才有了某些文字和想象。读者朋友们即将读到的文字，与其说是我对那家著名出版社的亲切回忆，不如说是我对那带来些许光荣与梦想的人生的一片痴情和念想⋯⋯

《在朝内 166 号的日子里》（聂震宁著），
江西高校出版社 2019 年 1 月出版。

《改变：从阅读开始》自序

深圳读书月即将迎来 20 周年华诞。这是一个值得纪念的时刻。深圳出版发行集团为了纪念这一时刻，计划出版"深圳全民阅读丛书"。早先听到这个选题，我就觉得好，深圳读书月在我国全民阅读活动中起步早、影响大，应当深入研究以纪念之。可是出版社把我列入了组稿对象，并安排专人与我联系书稿，这是我没有想到的。我虽多次参加过深圳读书月的相关活动，可作为不多，贡献更少。深圳出版发行集团把我邀约进来，体现了他们开阔的胸怀和视野，体现了他们对全国全民阅读活动的深入了解和理解。对我本人更是一种鼓励。

我对深圳读书月一直是心向往之的。我曾经在一些座谈会上评价过深圳读书月，认为深圳读书月在全国全民阅读活动中启动最早，深圳读书月在全国全民阅读活动中形式创新最多，深圳读书月在全国全民阅读活动中读者的亲和力最强，深圳读书月在全国全民阅读活动中读者结构层次最丰富，深圳读书月对全国图书阅读趋势的辐射力最强。这当然不是溢美之词，而是实实在在出自于多年来我多次出入深圳书城、图书馆的亲历亲见和研究全民阅读的心得体会。何况深圳已经成为书城之城——城市的每个区拥有一座大型书城，图书馆之城——每万人拥有一座图书馆，成为联合国教科文组织授予的"全球全民阅读典范城市"！说明这一切有着广泛的共识。现在，在深圳读书月迎来 20 周年华诞之际，能在深圳出版发行集团出版一本关于全民阅读的小书，我自然是受到了很大鼓舞的。

既然，我对深圳读书月心向往之，对能在深圳出版这本书深受鼓舞，那么，对编选好这部小书我自然是比较用心的了。

首先在选稿上我费了不少斟酌。此前我已经出版过《舍不得读完的书》（商务印书馆）和《阅读力》（生活·读书·新知三联书店），两本书中都有一些篇什受到读者的赞赏。如果我顺手把这些篇什收进这本书来，以充篇幅，以壮声势，可就显得不够诚实，不够厚道，因为我相信关注全民阅读的读者有不少是读过我那两本书的，不能让他们花钱买内容重复的新书。为此，我决定这部书的选目基本上是未收选过的作品，只有少量几篇演讲录，如《全民阅读与我们》《阅读的好时代和坏时代》等，因为它们在我研究全民阅读过程中具有阶段性意义，为了帮助读者了解早些年全民阅读的推广情况才勉强收入。全书收选的 40 多篇文章绝大多数为第一次结集，全书文章编排以写作先后为顺序，各位读者朋友或许可以从中看出我在阅读学研究上的一点进步。

　　同时，在本书的书名上我也费了不少思量。一开始我拟的书名是《书香致远——阅读与书香社会》。刚刚拟就，感觉不够满意，觉得这书名文气有余，张力不足。书香是致远了，可是对全民阅读的现实价值和历史作用概括得不够。名不正则言不顺啊。我实在不甘心就此打住。为此，我辗转不安多日，大有"吟安一个字，捻断数根须"苦吟之状。忽然，我注意到所选文章中有一篇《改变，从阅读开始》，真是灵感闪现，这不就是一个现成的好书名吗！《改变，从阅读开始》这篇演讲录在 2018 年产生了较大的影响，因为在纪念改革开放 40 年活动中谈阅读的文章不多，而谈到改革开放从阅读中获得动力的文章更不多。深圳是我国改革开放的一个成功范例。深圳因改革而生，以创新为魂，创造了世界工业化、城市化、现代化发展的奇迹。这一奇迹的创造，与这里热烈开展的阅读是紧密相关的。"改变，从阅读开始"，不就是深圳的真实写照吗？于是，我决定将书名调整为《改变，从阅读开始——阅读与改革创新》。一时间，我感觉到这本小书也具有了改革开放的精神，如此一来，此书的出版可以当作是我向改革开放 40 年来的深圳和持续开展 20 年的深圳读书月的致敬吧。

　　是为序。

《改变：从阅读开始》（聂震宁著），

海天出版社 2019 年 11 月出版。

导语：阅读力决定学习力

经过多年的调查和研究，结合自己成长的经历，我得出了一个结论，那就是：阅读力决定学习力。在迄今为止近200场的各种讲座和报告会上，我把这个结论跟很多读者做过交流，特别是跟家长和老师们做交流，直到现在还没有遇到过反驳或者不敢苟同的意见，哪怕是略微的迟疑也没有。恰恰相反，往往是此言一出，现场立刻有不少人似乎精神为之一振，这是我在讲坛上感觉得到的。如此就渐渐坚定了我的信心，使我觉得自己有责任为此做一些深入的研究和讲解。

要研究阅读力和学习力之间的关系，应当先和大家一起来对阅读力和学习力这两个概念做一番理解。

1. 什么是学习力和阅读力

先说学习力。学习力很重要。著名的未来学家托夫勒曾经预言："21世纪的文盲将不是那些不会读写的人，而是那些不会学习、学过就忘，以及重复学习的人。"不会学习就是缺乏学习力，缺乏学习力就意味着是新世纪的文盲，这是多么严重的问题！我们讨论中小学生的教育和成长，最终都要归结到学习力这个根本问题上来。

那么，学习力是什么？通常的看法是，学习力由三个要素构成，即：学习动力、学习毅力、学习能力。动力和毅力属于学习态度，需要培养，而能力则需要通过具体的教育和训练获得。通常我们说的是"听说读写"的能力，读是最主要的，稍微展开一些，那就是学生在阅读、听课、理解、积累、思考、讲述、写作等方面的能力。

阅读力又是什么呢？阅读力是由阅读兴趣、阅读习惯、阅读能力三个要素构成的。有经验的家长和老师根据观察得出一个结论：凡是具有阅读兴趣和阅读习惯的学生，其学习动力和学习毅力都比较良好。当然，要在学习上真正具有强大的动力和毅力，还需要专门加以培养和锻炼，不过，有了阅读兴趣和阅读习惯的学生，其学习动力和毅力就已经接近优秀。可是阅读能力则要具体丰富很多。它应当包括阅读和理解知识的能力、分析和判断知识的能力、联系实际乃至联想创新的能力。

可想而知，当一个学生具有良好的学习动力和学习毅力之后，其学习的成败将主要取决于其学习能力，而要提高学习能力，起决定性作用的正是其阅读能力。

2. 学生成长最忌舍本求末

在应试教育模式中，我们评价学生的学习能力，最看重的是学习知识的能力，特别是记牢知识的能力，尽管这也是学习能力的一部分。可是，如果认为学生只要记牢了知识答案就能对付考试，这当然是一个错误认识；如果认为学生多掌握一些答题的模式就是有了学习能力，这还是一个错误认识；如果认为学生只要通过应试拿到高分就算完成了全部学习的任务从而成为有创新能力的人才，那么，这显然是一个很大的错误认识。

我国基础教育正从"知识本位"时代走向"核心素养"时代。我国学生核心素养的培养，是以培养"全面发展的人"为核心，分为文化基础、自主发展、社会参与三个方面，综合表现为人文底蕴、科学精神、学会学习、健康生活、责任担当、实践创新六大素养。作为课程目标，新颁布的普通高中语文课程标准关于语文学科核心素养提出了四个方面要求，即：语言建构与运用、思维发展与品质、文化传承与理解、审美鉴赏与创造。在我们看来，无论是学生的六大核心素养还是高中生四项语文核心素养，都应当是全部中小学 12 年语文教学的阶段性要求和最终要求，应当成为教书育人的务本之道。

关于语文核心素养的培养，有专家认为，这不是老师教得出来的，而是学生在解决问题的实践活动中逐渐形成的。此言不虚。不过，四个核心素养应当区别对待。其中有些方面学生是可以通过老师的引导、灌输、讲解得到帮助和提高的，只有"审美鉴赏与创造"方面的素养最需要形成而又最难形成。语文学科教育所能做到的是，通过教学引导，让学生能够阅读到一个个文学文本和文化文本，满足他们对社会、自然、人性和美丑的鉴赏需求，让他们体验到文学带来的愉悦、情趣，让他们接受到文化带来的熏陶、滋养，唤醒他们对文学和文化的渴望与热爱，从而培养形成他们的鉴赏力和创造力。显然，这一过程只能是阅读、阅读、再阅读。说到底，语文四个方面的核心素养都需要通过一定程度的阅读逐步养成，只不过是"审美鉴赏与创造"的素养从根本上就离不开阅读就是了。

既然语文核心素养需要通过阅读逐步养成，那么，学生的阅读能力也就成为其学习能力的决定性因素。阅读能力——"阅读和理解知识的能力、分析和判断知识的能力、联系实际乃至联想创新的能力"，也就成为学生最主要的学习能力。处在日新月异的信息时代，我们的学生只有具备了这样的学习能力，才能够应对信息社会的千变万化，才算是具备了可持续发展乃至终身学习的素质和能力。

事实上，即便在既往的教学实践中，虽然那时课程改革还没有发生大规模的调整，可学生的阅读力不足就已经阻碍了学习力的提高。更不要说早就有许多专家强调阅读的重要性。可是，不幸的是，由于因循守旧的习惯使然，许多家长和老师一直只是关注学生的死记硬背的学习能力，认为阅读只是课外活动中一件有意义的事情，与学习并没有多大关系。可想而知，这是多么大的误区！

3. 读是核心，写是目的

我们知道，我国中小学语文教育提出培养学生的四大能力"听说读写"之后，重视"读写"，现在已经成为许多语文老师成功的不二法门。全国著名特级教师于永正的经验是："只要我们让学生少做题，多读书，读好书，读整本的书，只要抓住'读写'这两条线不放，即按照教语文的规律去做，谁都能把语文教好，谁的学生都会有好的语文素养。"于永正老师认为，学习成绩好的学生，他的学习能力不一定强，而阅读能力强的学生，他学习能力也一定强。于永正老师是这么说，也是这么做的，按此经验，他培养出了一批又一批优秀的学生。

以读为本，已经成为当今阅读教学的共同趋势。

在韩国青少年读书教育专家金明美撰写的《小学阅读能力决定一生的成绩》（中国传媒大学出版社，2011.7）一书里有一个资料，也说明了阅读力与学习力的关系。金明美在小学四年级和初中二年级各 32 名学生中，以第一学期期中考试取得前 5 名（A 类）和 21—25 名（B 类）的学生为对象，进行阅读能力诊断，她发现：在阅读回想能力一项上，小学四年级的 A 类学生达到 89.2%，B 类学生是 79.3%；初中二年级的 A 类学生达到 88.7%，B 类学生只是 66.2%。在阅读推理能力一项上，小学四年级 A 类学生达到 92%，B 类学生只是 50%；初中二年级 A 类学生达到 89%，B 类学生只是 47%。在事实理解能力一项上情况略好，小学四年级 A 类学生是 100%，B 类学生是 87%，初中二年级 A 类学生也是

100%，B 类学生是 83%，差距不是很明显，这同时也说明两组同学的智商水平相当。前两项之间的差距明显，说明阅读能力与学习成绩关系密切。

在阅读能力和学习能力的关系问题上，许多老师发现学生的阅读能力对写作能力的关系最为直接，因而都在强调要抓好"读写"。很显然，通过阅读能力的培养来提高写作能力，这是抓住了事物的根本。

几乎所有的家长和老师都有这样的感受：当我们的孩子爱上阅读，那真是一件令人欣喜的事情；当我们的孩子对阅读毫无兴趣，那真是一件令人着急的事情。为什么？因为家长和老师们都知道，阅读在孩子的成长过程中具有极其重要的作用。不仅在孩子的语文学习上具有极其重要的作用，甚至在整个学习状态上都体现出一种正能量。金明美认为："培养阅读能力可以提高各科成绩。"事实上，阅读的作用是多方面的，如果从孩子的全面发展来看，阅读还事关孩子的心智发育和道德养成。

总之，"阅读力决定学习力"，正在成为被教育界和阅读界专家普遍接受的一个重要的教育理念，是完全值得我们用 11 堂课甚至更多的课程来讨论的一个重大课题。

《阅读力决定学习力——提高阅读力的11堂课》

（聂震宁著，导语有删节），

现代教育出版社 2020 年 9 月出版。

再致热爱阅读的未来精英

——《阅读力决定学习力》未来精英版序言

　　亲爱的未来精英，我曾经在我的《阅读力》那本小书上跟你们谈过阅读的重要性，鼓励大家重视阅读。那是两年前的事情了。现在，我又要把我的一本新书《阅读力决定学习力——提高阅读力的 11 堂课》奉献给你们，也还想对你们再表达一些感想。当然，这回不仅要继续鼓励大家阅读，还想讨论一下怎么阅读，而且，不仅要跟你们谈，还要跟你们的家长和老师谈。

　　亲爱的未来精英，我在《阅读力》一书中鼓励你们热爱阅读，激情地告诉大家，让阅读为你们的聪明插上智慧的翅膀，让阅读为你们的思考插上思想的翅膀，让阅读为你们的才艺插上创新的翅膀，让阅读为所有的未来精英插上翱翔天空的翅膀。记得我还真诚地告诉你们，阅读是一切精英人才成长的必由之路，几乎所有优秀的文学、文化、艺术、科学、思想精英人才，都是从最初的阅读成长起来的。通过阅读成长起来的精英人才，往往是能做到多读书、读好书、善读书的。可是，我必须承认，在《阅读力》一书里，我还来不及告诉你们提高阅读力的具体方法。我们要求你们多读书、读好书，却还没有告诉大家怎样才能做到善读书。这就好像我们明确了过河的重要性，给大家提出了过河的任务，却没有告诉大家怎样才能过河，究竟是游泳过河还是划船过河，抑或是架桥过河还是飞越而过。这是近几年读者给我来信提得最多的意见，也是在许多中小学和公共图书馆讲座上我被问到最多的问题。是的，不掌握读书方法，不善于读书，什么饱读诗书，什么满腹经纶，什么出口成章……一切都只能是空想。那么，现在，摆在你们面前的这本《阅读力决定学习力——提高阅读力的 11 堂课》，就是要把提高阅读力的很多方法教给你们和你们的家长、老师。我相信，只要热爱阅读，只要掌握正确的阅读方法，只要认真接受家长和老师的指导和帮助，你们一定能够成为多读书、读好书、善读书的精英人才。

亲爱的未来精英，我还想知道，你们或者你们的家长、老师是不是确信阅读是能够帮助你们取得更好的学习成绩的？如果不确信或者还不够确信，那么，请大家一定要赶快确信呵。阅读力是学习力的基础和核心，一个人要提高学习力，就一定要先提高自己的阅读力。古代大文人说："立身以立学为先，立学以读书为本。"（宋·欧阳修）世界著名教育家说："要使得学生变聪明起来的方法，不是补课，不是加大作业量，而是阅读、阅读、阅读。"（苏联·苏霍姆林斯基）我国著名特级教师说："学习成绩好的学生，他的学习能力不一定强，而阅读能力强的学生，他学习能力就一定也是强的。"（江苏省于永正）同学们，你们当中如果有学习成绩不够好的，请抓紧时间开展阅读并提高阅读力，相信一定会有助于你们学习能力的提高；如果有学习成绩中不溜的，也请抓紧时间开展阅读并提高阅读力，相信一定会有助于你们学习能力的提高；如果有学习成绩好但还不太喜欢阅读的，那么，同样，也要抓紧时间开展阅读，尽快提高阅读力，否则阅读力强的同学很快就赶上来了。这本书就是要努力让所有学生掌握好各种各样的阅读方法，通过提高阅读力来增强学习力，相信对大家的进步一定有帮助。

最后，我还要对亲爱的未来精英们就阅读的目的谈一点想法。我们提高阅读力是为了增强学习力，可也不能只是为了增强学习力、考高分、上名校。青少年开展阅读，最重要的是要实现人的全面发展，使自己成长为德才兼备的精英人才。中华优秀传统文化主张一个人要通过读书成为"知书达理"的人，其实，优秀传统文化对此还有一个说法，那就是"知书达礼"。知书达理和知书达礼，一字之差，却有重要差别。前者只是达理——明白事理，这当然是一个聪明的青少年应当具备的能力，而后者不仅要明白事理，还要达礼——讲求礼貌，以礼待人，这更是一个聪明的青少年应当具备的修养；前者说明你的智商在提高，后者则不仅说明你的智商提高了，还表明你有更高的情商。有成功学专家的研究认为，一个人事业成功与否的决定性因素不仅在于其智商高低，更在于其情商优劣，认为智商决定事业成败，情商决定格局大小。我想，每一位立志成为未来精英的青少年，一定既要追求学业、事业的成功，还要争取自己在学业、事业乃至人生的发展有更大的格局。所以，我们希望大家在通过提高阅读力来增强学习力的同时，还要增强自己的思想道德修养，成为一个德才兼备、全面发展的精英人才，为国家、民族乃至人类社会做出卓越贡献。

特将此书献给热爱阅读、善于阅读、全面发展的未来精英们！

《阅读力决定学习力》（未来精英版，聂震宁著），
现代教育出版社 2020 年 12 月出版。

《致青年编辑的十二封信》
后记

　　《致青年编辑的十二封信》就要面世了。每当自己有新书面世时,我心里总会有感激之情涌动,感激所有帮助过我的人。

　　这本书的出版,首先要感谢中国新闻出版广电报。十二封信的写作实际上是一次命题作文。命题人是中国新闻出版广电报,具体说来就是这家报社的出版周刊主编左志红女士。十二封信写作的启动和完成,实在是左志红女士的灵感闪现、精准策划特别是执着约稿的结果。最初,她问我能不能像著名美学家朱光潜当年给青年写信那样,开个专栏,给当今的青年编辑写信,记得当时我有点儿愕然。我知道,朱光潜先生的《致青年的十二封信》是一部名著,1929 年 3 月由开明书店出版,享誉至今。面对这样一部名家名作,我可从来不曾有过摹写的念头。然而左志红的灵感是动人的,策划是精准的,更重要的是,她约稿是一如既往的执着。还有，出版周刊的责任编辑袁舒婕始终是认真负责地催稿和编稿，此外一直及时地为我提供写作中所需要的资料。如此这般，这才有了给书同兄的第一封信，于 2019 年 7 月 8 日在该报的显著位置刊出，从此半月一信，一发而不可收（只是中间因为疫情时间有所耽搁），直到 2020 年 4 月 27 日发出最后一封信。这项写作任务最终得以顺利完成，我是从心底里感谢左志红和袁舒婕二位编辑高水准的合作与支持。

这项写作任务最终得以顺利完成，我还要郑重感谢中国新闻出版广电报的各位领导。这不是客套。报社领导相当敏锐、非常及时地确定了这个选题，而且自始至终地高度重视这个栏目，特别是第一封信刊发后，马国仓社长、李忠总经理、任彦宾副总编辑分别给我反馈读者的热情反响，赞赏之意溢于言表。新到任的总编辑丁以绣先生也及时向我表达了热情诚恳的赞许。马国仓先生还欣然应邀为本书的出版撰写了饱含激情的序言。

如果说，报社编辑高水平的合作是对我的写作有力的推动和帮助，报社领导们真诚的赞赏是对我的写作及时的给力和加持，那么，众多读者自发的点赞、评论则给了我莫大的鼓舞和希望。第一封信在报纸上和网上发布，立即引来许多读者的点赞和评论。此后每一封信发布，都有好评不断。给予好评的读者，有的是交谊多年的出版业领军人，有的就是年轻的同行——"书同兄"们，还有不少未曾谋面的陌生朋友，无论是哪一种情况，都让我有喜获同道的欣慰。身边的朋友们都觉得我能坚持写好、写完这十二封信不易，但只有我知道，有报社编辑的合作，有报社领导的支持，加上那么多读者的喝彩和期待，我不坚持把这些信写好、写完都不可能。为此，在结集出版之际我要特别向所有读者表示衷心的感谢！

十二封信不长，然而，来自各方面的反响却情意绵长。特别是业内不少同行的热烈反应完全出乎我意料，实在是我和报社编辑合作之初不曾想到过的。内蒙古文化出版社的姜继飞先生，一位素未谋面的年轻编辑，自称"小编一枚"，最先发来一封长信，对十二封信做出了热烈的回应。这封长信还有一个题目：《从未有人对我说过如此之多：拜读〈致青年编辑的十二封信〉兼及回信》，第一眼看到这个题目，我就有感叹，感叹行业代有才人出。此后，又有上海交通大学出版社、陕西师范大学出版总社等著名出版机构组织本社青年编辑研读十二封信，书写各种心得文字。社领导还把其中一些心得文稿通过微信发给我和报社编辑。阅读这些文稿，我有一种被超越的感觉。他们是真实的、诚恳的、生动的，是摩拳擦掌的，是跃跃欲试的，是春意盎然的！我能感觉到这些出版机构的人才队伍活得像一个人，一个年轻人，精神抖擞，满眼生机，求知若渴，一往无前。

最后，我要说，人民教育出版社对十二封信的反应愈发让我始料不及。第一封信刚发表，黄强社长几乎是第一时间联系我，盛情约定待全部文稿发表后交由他们结集出版。黄强兄乃业内才俊，行业领军人，多年好友，他的邀约对我当然是一番浓俨的美意和莫大的鼓舞，不立刻应承下来自然是不可能的。此后便是副总编辑魏运华一直跟进联系，直至前不久他前往语文出版社履新。再接着便是编辑室主任张华娟和责任编辑苏丹前来韬奋基金会与我面商出版事宜。说来也巧，一个月前张华娟博士曾率领编辑室同仁来与我策划"编辑素养丛书"的选题，第一封信发表后，她当即建议将《致青年编辑的十二封信》作为丛书的第一本书重点推出。如此巧合，如果说不是英雄所见那就是天意了。

为此，在《致青年编辑的十二封信》新书面世之际，我要感谢人民教育出版社。他们并非只是做了一些结集出版的工作，而是对全书做了颇具增加值的总体设计。他们策划选入若干读者的反馈，让"书同兄"们真实呈现，增添了书信体书籍的趣味。他们在我过去的编辑出版学著述中选择了十余篇随笔，附在十二封信后面，在与新编辑交流的书信之后增添了一些专业研究的含量。为了全书的整体设计和营销，与此书业务直接相关的编辑、设计、营销人员曾齐聚我的办公室，与我进行充分的交流和讨论。凡此种种，都让我心怀感激之情。

在与人民教育出版社合作过程中，尤其让我感激乃至感动的是，编辑们并不曾因为书中所有内容都曾经在报刊上发表过而放松了全书的文案编辑工作。责任编辑苏丹对书中所有内容都字斟句酌，简直到了"锱铢必较"的地步，很有一股"不管不顾"的坚劲，大大出乎我的意料。何况，她没有白忙乎，在文法修辞上还真能提出不少修改意见，而且绝大多数都被我接受。我很高兴，为此在退回编改过的书稿时给她并张华娟主任附上一信，表达一个老编辑的感佩和一个老作者的感激。我在信中写道：

"经你们编辑过的书稿我已过了一遍。很震撼！苏丹的初审和华娟的复审都做得很认真，很仔细，很具水准。作为同行，我很感慨，感慨现下的中青年编辑人才果然了得！作为作者，我很感激，感激你们的'良朋嘉惠'，让我受益良多！……"

信虽然写得匆忙，未能充分展开，可确实是我当时心情的真实表达。想来，我真应该认真写下第十三封信，感谢左志红、袁舒捷她们，感谢张华娟、苏丹她们，感谢为本书在写作、刊发、出版乃至交流上提供过帮助的所有朋友，感谢大家的"良朋嘉惠"。那么，这篇后记，就权当作《致青年编辑的十二封信》之后的第十三封信吧，致敬所有合作者，致敬所有朋友，致敬所有读者，致敬大家！

《致青年编辑的十二封信》（聂震宁著），

人民教育出版社 2020 年 9 月出版。

《爱上阅读》前言

我的专著《阅读力决定学习力——提高阅读力的 11 堂课》于 2020 年 9 月面世时，有不少读者问我，为什么不是 12 堂课？因为人们习惯把 12 当作一个整数。我说，还有一堂很重要的课没有写。他们问是哪一课，出于慎重，也出于凡事切忌言之过早的习惯，我只能笑而不答，也是且听下回分解的意思。那么，现在可以向诸位读者揭秘，下回分解已来，那就是"0—6 岁儿童的阅读课"。《阅读力决定学习力——提高阅读力的 11 堂课》讲的是 1—12 年级学生的分级阅读，《爱上阅读——学龄前儿童分级阅读》将开讲 0—6 岁孩子的分级阅读。《阅读力决定学习力——提高阅读力的 11 堂课》在过去不到一年半时间里已经重印多次，受到广泛欢迎，而《爱上阅读——学龄前儿童分级阅读》却姗姗来迟，真应该向 0—6 岁的小朋友们和小朋友的父母、老师们说声对不起！

有人说"阅读不能改变人生的起点，但可以改变人生的终点"，以此描绘阅读成就辉煌的人生；有人说"阅读是一个人一辈子的事情"，以此鼓励人们生命不息、阅读不止，成为终身阅读者。这些意见我当然都是赞同的。可是，仅仅这么说来，似乎还缺少了点儿什么。我们在激情瞻望人生漫漫长途美好前景的时候，是不是忘记了一个人阅读的起点？在我看来，阅读不仅可以改变人生的终点，阅读还能改变人生的起点；阅读既然是一个人一辈子的事情，那么，阅读就应当自一个人生命的起始而开始，一个人的阅读越早开始越好。

俄国著名生理学家、心理学家、诺贝尔生理学奖获得者伊万·彼得罗维奇·巴甫洛夫指出："婴儿从降生的第三天开始教育，就迟了两天。"

意大利历史上第一位学医的女性和第一位女性医学博士玛丽亚·蒙台梭利认为：我们今天的样子是在幼儿时期，在生命最初的两年建构的，3岁已经奠定我们的人格基础。玛丽亚·蒙台梭利成为20世纪享誉世界的幼儿教育家。

苏联著名教育家苏霍姆林斯基认为：孩子的阅读开始得越早，阅读时的思维越复杂，阅读对智力发展就越有益。因为阅读不只是一个简单的看书过程，在整个阅读过程中孩子还将自主地进行理解、想象、推理……这些能力一并构成了阅读的全过程。

1995年，美国图书馆联合基金会及医疗机构开始推行"阅读从出生开始"计划，通过为婴儿及其父母办理图书馆借书证，鼓励亲子阅读以及让父母重新走回图书馆，让孩子尽早地接触阅读。该计划的口号是"为读书而生，读书从不早"，强调了阅读应从 0 岁开始的意义。

2019 年，我国第十七次国民阅读调查结果显示，0—8 周岁儿童人均图书阅读量为 9.54 本，9—13 岁少年儿童纸质图书阅读量为 9.33 本，14—17 周岁未成年人的人均图书阅读量为 12.79 本，都远远超过成年人的图书阅读量（4.65 本）。调查结果表明，七成家庭有陪孩子读书的习惯，0 岁至 8 岁儿童家庭中，平时有陪孩子读书习惯的家庭占 70%，家长平均每天花 24.98 分钟陪孩子读书，较 2018 年增加了 2.37 分钟。

2020 年，我国第十八次国民阅读调查结果显示，0—8 周岁儿童人均图书阅读量为 10.02 本；9—13 周岁少年儿童人均图书阅读量为 9.63 本，14—17 周岁青少年课外图书的人均阅读量为 13.07 本，都远超成年人的图书阅读量（4.70 本）。对亲子早期阅读行为的分析发现，平时有陪孩子读书习惯的家庭占 71.7%，较 2019 年的 70.0% 增加了 1.7 个百分点，家长平均每天花 25.81 分钟陪孩子读书，较 2019 年增加了 0.83分钟。

显然，整个人类社会都越来越重视孩子们的早期教育。习近平总书记在致首届全民阅读大会的贺信里指出："希望孩子们养成阅读习惯，快乐阅读，健康成长。"

通过快乐阅读而健康成长的孩子们，怎么可以缺少 0—6岁的孩子！

为此，我们为最可爱的0—6岁的孩子们奉上《爱上阅读——学龄前儿童分级阅读》。

不错，学龄前儿童的阅读早已开始，可是还不够广泛；指导学龄前儿童阅读的书籍已经不少出版，可是还需要继续深化。我们经过研究，发现学龄前儿童阅读之所以还不够广泛，主要是0—3岁儿童的阅读开展得明显不够；指导学龄前儿童阅读的书籍之所以还需要深化，主要是0—6岁儿童的阅读指导的科学性和实践性不足，其中分级阅读的科学性和实践性尤其不足。

阅读是一门科学，而0—6岁儿童的阅读更是一门科学，这当中有生理学、心理学、认知科学、社会学等。譬如，孩子为什么总喜欢撕书咬书，孩子识字了为什么却不爱阅读，孩子看书为什么总是走神，孩子为什么总喜欢重复阅读一本书……孩子阅读中提出了许多的为什么；还有，怎样挑选适合孩子阅读的图书，怎样根据孩子的性别选择图书，是不是孩子阅读数量越多越好，怎样给孩子讲好一本书，怎样帮助孩子养成阅读习惯……孩子阅读中面临着许多怎么办；还有，孩子0—6岁认知能力有些什么特点，这当中有什么样的敏感期，如何针对孩子的认知特点带领他们开展有效的阅读……总之，许许多多的问题，全都是科学，全都是实践，全都是家长们需要解决的问题，在《爱上阅读——学龄前儿童分级阅读》这本书里，我们都将一一作出解答。

大家知道，要解答学龄前儿童阅读林林总总的问题，实在不是一件简单的事情，我们只能向前人学习、向专家学习、向实践学习，请读者们看看列在书末的参考文献，而且这些参考文献只是一个很不完全的统计，大家就可以明白，这本《爱上阅读——学龄前儿童分级阅读》，其实是我在阅读学研究学习中的一些心得体会。为了把这些心得体会更好地奉献给广大读者，中原出版传媒集团大象出版社的领导和编辑给予我很大支持，河南天一文化的董献仓董事长、张长征总经理和陶聪先生及其率领的颇具实力的专业团队给予我很大帮助，我要深为致谢！我明白，他们给予的所有支持和帮助，为的是我们大家的一个共同目标，就是殷切地希望书香中国的所有孩子都能爱上阅读，快乐阅读，健康成长！

最后，我要真心告诉所有孩子的家长和老师们：只要爱上阅读，孩子这一辈子就大有希望。让我们把《爱上阅读——学龄前儿童分级阅读》激情而审慎、快乐而认真、热烈而庄重地奉献给你们！

《爱上教育——学龄前儿童分级阅读》（聂震宁著），大象出版社 2022 年 7 月出版。

《有书香的地方
——中国全民阅读纪事》后记

　　《有书香的地方——中国全民阅读纪事》的写作，我是在犹豫不决中开始的。一年前，我都已经开始出发采访了，可却还有犹疑：能写完这本书吗？而此刻，全书几经打磨，出版社举行了定稿会，30万字的书稿即将进入最后的出版程序。看着厚厚一摞打样纸稿，不由得感慨良多。

　　2022年初冬，安徽教育出版社费世平社长、何客副总编辑和文乾主任来看望我，提出了纪实文学选题"中国全民阅读纪事"的设想，原总编辑姚莉也一再电话"游说"。这可是一个令我既怦然心动却又望而生畏的设想。全民阅读已经开展十多年，是该出版一部全景式的纪实文学作品的时候了。全面反映这项国家发展战略的实际进程，对于长期投身于全民阅读倡导、推广和研究的我来说，怎能不让我怦然心动！可是，全景式的纪实文学写作，其采写和写作的难度可想而知，我哪里敢一口应承下来！为此，我有过长时间的犹豫，有过数次推托。可出版社认准这是一个值得追求的重点选题，他们穷追不舍地联系我，采取各种办法劝说我，先是描述选题的重要性从而让我心动不已，后来就设法激发我作为一个全民阅读倡导者和推广人的使命感和责任感，让我欲罢不能——我一面觉得压力山大，一面又觉得意义不小，一面还觉得遇到了执着而优秀的出版业的同仁。

　　一直到 2023 年开年，《中国全民阅读纪事》这个选题列入安徽出版集团重点选题，本人的名字赫然列在重点选题表上，我明白，无论如何我已经登上了这个重点选题的战车，除非我示弱认怂，已经没有了退路。生性不服输的我只能迎接挑战！"这里必须杜绝一切犹豫；这里任何怯懦都无济于事。"（马克思语）2023 年早春二月，我断然下了决心，放下手中长篇小说的写作，迎接此生文学写作历程中最大的一个挑战，我将独力承担起一部全景式的纪实文学作品《有书香的地方——中国全民阅读纪事》的采访和写作——好在，自从 2007 年 3 月，在全国政协十届五次会议上我作为第一提案人和 30 位全国政协委员联署提出开展全国全民阅读活动提案后，十多年来，自己一直投身于全民阅读的倡导、推广和交流，行迹到过全国绝大多数省区市，到过香港、澳门、台湾，考察、搜集过大量相关材料，写作过数百篇阅读方面的论文和随笔，出版过《阅读力》《阅读的艺术》《阅读力决定学习力》《舍不得读完的书》《书是香的》《爱上阅读》《改变：从阅读开始》等全民阅读方面的专著，算是有了一定程度的"厚积"，否则怎么可能有现在这样的"薄发"。

一个负责任的写作应该是"厚积薄发"的过程，应当"厚积"在前，方可"薄发"于后。事实上，一年多来的深入采访，越是深入实际，接触到全民阅读的人和事越多，我越发感到，自己所谓的"厚积"，跟不断深化的全民阅读相比，这里所写的都还不足十之一二，还有许多事实是我的眼力、脚力未能到达的地方，而我的写作，自己的脑力、笔力还是显得比较的笨拙，哪里敢说厚积薄发呢？

可无论如何，30万字终于写就，如果说这部书的写作是在犹豫不决中开始的，那么，现在可以说，自己倒是越采访越有收获和感动，写作是在越写越有信心中完成。

感谢安徽出版集团公司和时代出版传媒股份郑可总经理、朱寒冬总编辑、张堃副总经理兼副总编辑，没有他们对于这一选题的高度重视和大力推动，没有他们对选题设计的精心参与和坚定追求，尤其是，没有他们热情而有力的推动，我是不可能写作并且写成这样一本全景式的纪实文学作品的。

感谢责任编辑何换生、姚莉、文乾、黄晓宇、赵佩娟，感谢特约审读张国功教授，感谢他们对书稿做了认真审读和编辑打磨。感谢安教社许多同仁的热情参与和全力投入。

感谢韬奋基金会张帅奇、周玥等同仁和志愿者焦思雨、张晓倩等，感谢她们配合我做过很多次深入而艰苦的采访和材料整理工作。

尤其要感谢我的所有采访对象，没有他们创造性的工作和感人事迹，我的写作很可能成为无米之炊。更重要的是，如果没有他们和所有全民阅读推广者、志愿者的不辞辛劳而具有奉献精神的工作，全民阅读将无从开展和深入推进，我要写作这样一本小书也就成了无本之木。进而我要感谢我们国家全民阅读生动而丰富的实践，感谢全民阅读在新时代成为国家发展战略而且得到深入推进，使得广大群众中"不爱读书的人读起书来，爱读书的人读得多起来"，使得有书香的地方越来越多，形成"爱读书、读好书、善读书"的浓厚氛围。

衷心感谢新时代！

《有书香的地方——中国全民阅读纪事》（聂震宁著），安徽教育出版社 2024 年 3 月出版。

《小学生高效阅读的秘密》前言

　　《小学生高效阅读的秘密》一书是为了帮助提高小学生阅读能力和阅读效率的目的而撰写的，这是一部写给小学生的家长和老师们的阅读辅导书。

　　当前，全国正在开展青少年学生读书行动，教育界乃至社会各界高度重视初中生和高中生的阅读，为的是要帮助中学生们更好地应对正在到来的新中考、新高考。其实，作为青少年学生阅读能力的培养，我们更应该高度重视小学生们的阅读。我们希望高中生具有较强的能力，不能不希望初中生具有较好的水准，我们希望中学生具有较强的阅读能力，不能不希望小学生具有较好的基础。韩国青少年读书教育专家金明美曾经做过广泛而深入的调查，写下一部专著《小学阅读能力决定一生的学习成绩》，充分论证了小学阶段的阅读状况对学生此后的成长，特别是学习能力的提高，关系很大。我们不能因为青少年学生在小学阶段的阅读不会直接影响到他们的升学竞争而掉以轻心。古人说"冰冻三尺非一日之寒"，一个人阅读能力的养成绝非只是在初高中阶段完成。从阅读学的研究来看，一个人阅读能力的养成很早就应该开始。且不说学龄前儿童的阅读影响长远，一年级到六年级的阅读更是学生打基础的阶段，小学生阅读能力的培养就是一个循序渐进、逐步提高的过程。其实，从 K12 年级中各阶段学生的时间投入和产出比来考虑，小学阶段由于普遍推行"双减"，原先应试教育的要求正在明显减少，小学生们有了更多的阅读时间和空间，完全应该成为 12 个年级中应该更多开展阅读的阶段。

小学阶段的阅读正在受到越来越普遍的重视。正因为受到重视，小学生家长和教师们对于提高学生阅读能力和阅读效率也就愈发重视起来。

可是，究竟怎样提高学生的阅读能力和阅读效率，目前还没有公认的有效办法，许多教育专家和阅读学专家还在探索和实践中。大象出版社在青少年学生阅读方面一直高度重视，组织过若干专著的出版，并专门联系我们，确立了《小学生高效阅读的秘密》这一选题。

《小学生高效阅读的秘密》全书按照小学低年级段（一、二年级）、中年级段（三、四年级）和小学高年级段（五、六年级）分为三册。每一册的内容紧紧围绕小学各年级段阅读能力培养的重点、难点进行论述。

本书一、二年级分册，重点放在学生的阅读趣味培养，要求一定要帮助孩子爱上阅读。为此，告诫家长和老师对孩子的阅读不要期许"当下的回报"，应该相信阅读会给学生的成长打下良好基础；主张引导孩子坚持纸质阅读，要开展亲子共读，提出了跟孩子一起朗读时要加点戏、加点料、上点难度等培养孩子阅读兴趣的建议。此外，还对小学低年级学生整本书阅读策略、阅读指导示范做了指导，推荐了这个年级段的阅读书目。

本书三、四年级分册，重点放在学生在学业逐步加重的小学中阶段，主张让学生通过阅读提高学习信心，主张重视支持学生的自主阅读，让阅读真实自然地发生，主张带领学生有感情地朗读，提升阅读感知力，把握作品基调，提升想象力。此外，书中还针对小学中段阅读常见"病"，特别提供了帮助自主阅读能力提升的"技能包"，譬如不同文体不同读法、群文阅读审美比较、精读略读结合以及批注式阅读，还要求学生学会向别人推荐自己喜欢的作品。

本书五、六年级分册，重点放在小学高年级段学生的阅读要让孩子成长为自己，也就是坚持全面育人的原则，强调读一流的书是一条成长捷径。我们主张学生自主设计阅读单，学会讲述好一本书，主张提高阅读速度，让学生大声朗读，提升自主阅读能力，为高效自主阅读扫清障碍。此外，书中对小学高段整本书阅读指导策略、学生学习策略、阅读指导示范做了指导，推荐了这个年级段的阅读书目。

我们知道，中小学教育专家和阅读学专家们都主张学生学习能力"听说读写"中，"读"是核心，"写"是目的，认为要紧紧抓住"读写"两条线。可是，究竟怎样抓住"读写"两条线，使得学生的阅读与作文相辅相成，尤其是要让学生的作文水平得到应有的提高，这一直是许多家长和老师颇费思量的一个问题。

为此，《小学生高效阅读的秘密》一书与其他一些阅读指导书不同，我们把一定的篇幅放在相应年级段学生的作文训练上，指导学生在开展阅读的同时做好作文练习。我们指导一、二年级段学生关注新鲜词句，学会积累好词好句，学会尝试仿写，学会从"说"起步和看图写话开始练习写作，学会巧用五感习作法，把生活中的细节描写到位，要求学生学会写日记。我们指导三、四年级学段学生学会阅读与观察结合，作文才能丰富具体；学会把阅读中的好词好句转化到自己的作文中，作文要写出小人物的鲜活感，写好日常小事；要发挥想象力，多写志趣不凡的好故事。

小学五、六年级学生对作文练习已经具有一定的自主能力，本书对这个年级段作文练习的指导就更为具体。先是建议学生学会为自己的作文拟一个不凡的题目，然后要求学生写作前把作文提纲列好，避免习作跑题，还要求学生摆脱范文，写出自己的风格。我们要求学生写活一个人，写好一个故事，学会写作说明文，要"说得明白"，学会写倡议书，要有号召力和共情心。书中列举的这些问题，都是小学生作文练习面临的难题，相信通过阅读一流的作品，学生们能将"读写"结合起来，较好地克服作文习作中的种种难题。

2023 年 3 月 27 日，教育部、中央宣传部等八部门印发了《全国青少年学生读书行动实施方案》（简称《实施方案》），对我国青少年学生的读书行动作出了全面部署和科学安排。本书的写作就是在认真学习领会《实施方案》的前提下，努力结合我们所了解到的各地各校小学生阅读实际情况进行的。希望本书能对全国青少年学生读书行动特别是小学生的高效阅读有所助益。

《小学生高效阅读的秘密》（聂震宁等编），

大象出版社 2024 年 12 月出版。